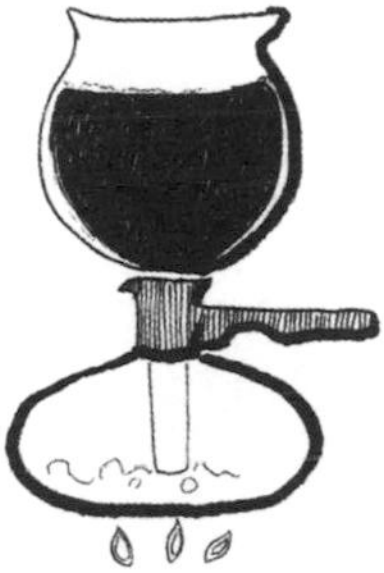

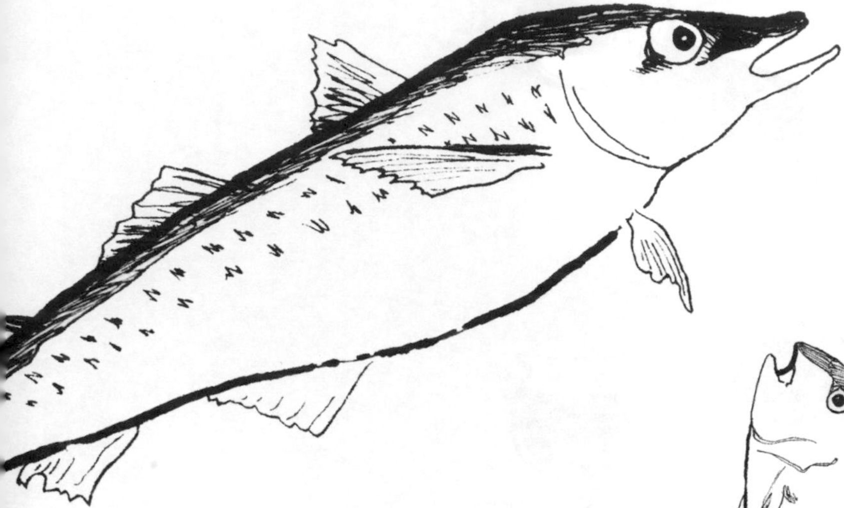

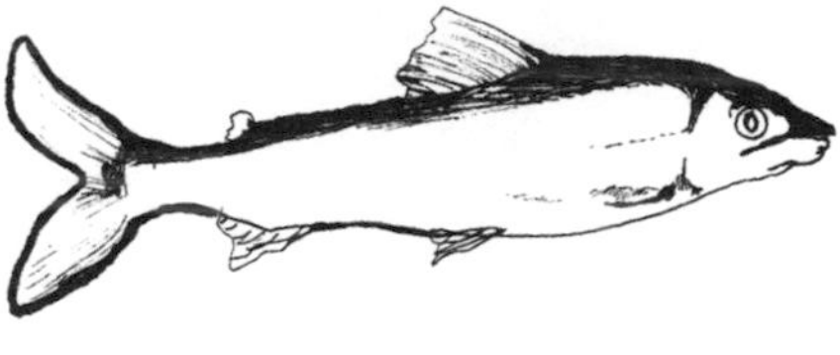

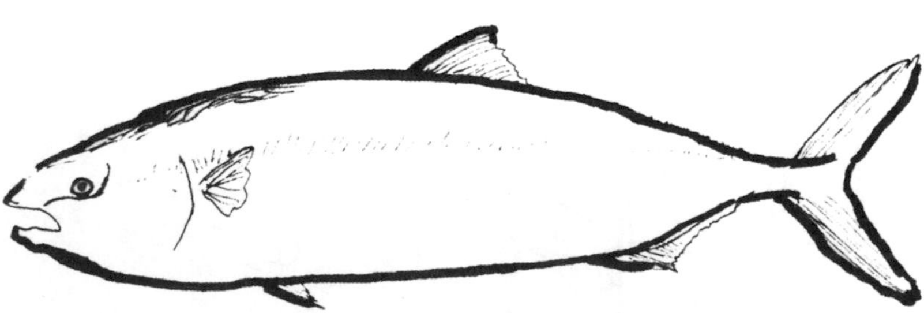

人生沒有太多選擇，所以人才會把生活的選項變得很複雜，幻想自己有很多選擇。選擇不同的食物、衣服、不同品牌的化妝品，其實，人終究還是一樣的。

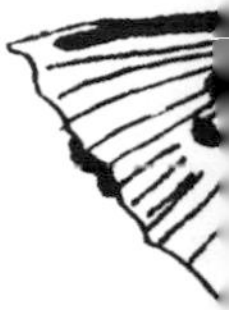

命運咖啡館

序

唐立淇

命運咖啡館，是小野老師在蘋果名采小說連載的集結，當時名采多以一篇完結的格式露出，只有小野老師突破地以連載方式書寫，馬上吸引我的眼光，因為內心早已厭倦輕薄短小與腥羶色，想不到小野老師能貼近到讀者心聲，以自己的方式創作，讓我有「往日追報紙讀連載的美好時光」又回來的感受，果然也博得一致好評，當老師連載告一段落，還失落了好一陣子呢。

老師的文筆、故事總能輕易引人入勝，每天那一點點字數根本讀不過癮，總迫不及待第二天到來，連載期間清晨四點的更新一到，立馬衝去點閱，然後才能安然睡去，「追文」的心情現在還記憶猶新呢，好像回到過去報紙名家連載的繁盛年代，那份依戀又復活了般。現在書終於付梓，讀者將可一口氣讀完，真是太幸福了。

這次受邀寫序，自然與本書主角擅長命理有關，當時我會被這部連載深深吸引，也是與這設定貼近我心聲，與故事牽涉到命運，多了一份深厚有關。想想神準的玉卿看完命盤後，胸中雖有定見，但她將如何給出意見？能不能給出好的引導，當事人又將如何回應呢？預言家角色難為，說早了像危言聳聽，說遲了就成馬後砲。命運的故事也難寫，要能塑造出看穿宇宙安排的角色，劇情鋪陳也要能凸顯命運可變、不可變間微妙的矛盾與荒謬，我們也在閱讀間跟著思考「命運能被干涉到什麼程度」、「知道又如何」、「預言的意義」等隱性又大哉問的議題。

更別說穿梭在命運咖啡館裡的人們，就像我們身邊尋常所見的各種類型，那些模糊的臉孔，隱藏在背後的祕密，都透過主角的慧眼為我們一一揭露，引人深思，人，往往不能以表象忖度，這也成為小說最迷人的元素。

閱讀本書，旁觀命運，忍不住想，當我們嘆息著當事人冥頑不靈時，若我們就是那當事人呢？真的就能毫不懷疑地從善如流？能客觀抽離自身於貪瞋癡中，放下我執去達成「最好安排」而不執迷嗎？真能如此那人生就簡單了，不會有這麼多故事與周折，正因人們都有執念，都要想跟命運拚搏的決心，所以造就了本書的精采，和命運與命理間精采的火花。就是這份「偏不」，使命理準了（你「註定」要往該去的方向去），也使命理註定擔任被議論、排擠的存在，信者則被視為腦殘。

所以，我很推薦大眾讀老師這本精采的小說，一起思索一下命運這既大又深的課題，在精妙好看的故事之間。

P.S. 不得不說天蠍真是吃貨，小野老師寫吃，讓我彷彿聞到香味、看到色澤、嚐到味道……，不建議深夜閱讀，恐會因覓食宵夜而致肥啊。

2016/4/1

命運咖啡館

STORY 1

命運咖啡館

命運咖啡館

中午用餐時間，上班族湧進了咖啡館，把握莫約一個鐘頭的休息時間，大夥兒倉促點餐，一份主菜兩道小菜，匆匆果腹、聊聊是非。

今天的特餐是蔥燒牛肉、咖哩雞丁和乾煎鯧魚，副餐要咖啡還是紅茶，不過今日的話題才是重點。坐鎮咖啡吧台的女主人曉維無視於喧囂，淡定地堅持用賽風煮著咖啡。曉維纖瘦清雅，白皙臉蛋，一身書卷氣。她大學畢業後在出版界工作近十年，雖然她熱衷寫作，可惜在文化圈沒闖出什麼名號。因為熱愛咖啡和交朋友，兩年前辭職開了這家咖啡館，決定延後她的作家夢。

負責在外場招呼的則是她的姊姊玉卿，玉卿身型豐潤，圓圓臉蛋笑容滿面。姊妹倆年紀相差八歲，曉維是父母意外懷孕的產物，格外寵她，原本是獨生女的玉卿也很疼愛妹妹。曉維原本堅持咖啡館只賣咖啡和西點，但生意冷清，就在快倒閉時，正好玉卿房屋仲介業務遇到瓶頸，有點意態闌珊，便慫恿曉維增設簡餐，她乾脆辭工作下海當外場侍者，她帶來的人氣把妹妹就要收攤的生意救了起來。

有一桌客人催著要副餐飲料，玉卿連忙緩頰：「我們的咖啡是用手沖的，請再等一下喔。」一個客人突然起身大叫，嚇了她一大跳：「玉卿姊！」玉卿定神冷靜看著他，一張俊俏的娃娃臉多年不變，是姊妹淘彩雲的前男友耀嘉，兩人痛苦分手，早已不相往來。「妳還在幫人家算命嗎？」耀嘉隨行的熟客跟著搭腔：「哇，教授，內行的噢，這家咖啡館的特色就是玉卿姊啊，我們都叫它命運咖啡館。」玉卿看著耀嘉，還沒回過神來。

曉維冷冷走來，大聲說：「這才是本店招牌咖啡，手沖耶加雪夫。」

誰相信命運

曉維的咖啡館叫作「徐緩」，希望一杯杯手沖咖啡，讓行色匆匆的旅人在此沉澱，徐緩走向下一站。

姊姊玉卿手藝好，憑著每天變化的簡餐，讓原本客人徐緩到來的生意變成要預約才有位子。到了下午茶時段，更有客人「醉翁之意不在咖啡」，而是來找玉卿算命，客人私下把這裡稱叫命運咖啡館。曉維不喜歡這樣的結果，覺得這不是她要的感覺，姊妹老是為此拌嘴。

玉卿曾經幫曉維算過命。每次拗不過孤傲的妹妹，就拿命理來教訓她：

「妳要放下，既然要開店，就好好做生意，妳命中注定文曲化忌，在創作上不會有成績，只能幫人家編書，見人家風光，何必呢？妳適合做生意，不要糟蹋了自己的潛能。」曉維頂嘴起來招招狠毒：「全按著命理走，人生還有什麼樂趣？妳自己怎麼不也替自己算算，妳怎麼不去結婚生子開創未來？」

玉卿從不動怒：「我是妳命中的貴人，妳不必刺激我，我看的是一個人的基本質地。妳從小養尊處優，不知好歹，妳缺乏深刻的情感，就不會有創作的爆發力。妳缺少的是痛苦！」曉維老是覺得自己懷才不遇，但也提不起勁來孤注一擲，人生被自己的性格卡住，進退維谷。很多人找玉卿算命，與其說她是命理師，不如說她是另類的心理諮商。她看透的不是命理，而是人性。

曉維不相信算命，常常找一些玉卿沒說對的個案譏笑她，耀嘉和彩雲的愛情便是其中之一，玉卿鐵口直斷彩雲註定是姊弟戀，而且有幫夫運，結果兩個人分手時吵得天翻地覆，她們還要對耀嘉隱瞞彩雲去了大陸的秘密。所以當耀嘉忽然又出現在她們的咖啡館，彼此都要找個台階下。

草裡藏珠的男人

那天下午，耀嘉果然再度來到命運咖啡館，有點要來踢館的意味：「玉卿姊，我又來找妳算命了。」

玉卿看著他，往事歷歷在目。彩雲是她高中姊妹淘，成績優秀才華洋溢，有些男孩子氣，向來沒有什麼男人緣。她一路讀到台大碩士，畢業後進入大企業，沒多久就躍升為小主管，一直小姑獨處。八年前，彩雲突然帶著耀嘉來見玉卿，容光煥發完全不像以往的中性打扮。耀嘉是個俊俏的小男生，小彩雲五歲，才剛服完兵役到彩雲公司當業務助理。人人譏諷耀嘉是「高射砲」，沒人看好他們的戀曲。

彩雲難掩心中忐忑，帶著耀嘉來找玉卿算命。三人相約在某個咖啡館，耀嘉被玉卿支開去買東西。彩雲羞答答地說：「他善良溫柔對我很好。當他知道我們回家是順路，就每天等我加班到很晚，送我回家才安心。後來我才知道，他很喜歡我。」彩雲是個倔強自我的聰明女人，遇上這言聽計從的小男人，滿足了她對愛情的所有幻想。她笑著說：「他很帥齁，身上所有衣服都是我搭配的。吃什麼、做什麼，都聽我的。」耀嘉喜歡拍照，常半夜帶彩雲上山看夜景，也會飆到阿里山拍日出。彩雲的不安是：「他家裡環境不錯，爸爸是個地主，太寵愛他，他從小不愛讀書，私立高職畢業。我們差距這麼大，會有結果嗎？」

玉卿精通紫微斗數、面相和占星術。彩雲命格強勢，有馭夫之相。但她看到耀嘉眉心藏著一個黑痣，草裡藏珠，非富即貴。他的命格頗有「明珠出海」之兆。她安慰彩雲：「別擔心，妳好好鼓勵他，他是草裡藏珠，明珠藏海底，需要有人將這顆珠挖出來。你們旗鼓相當。」

感謝分手的情人

事隔八年，玉卿在命運咖啡館裡與耀嘉重逢。耀嘉說，「玉卿姊，彩雲離開的時候，我覺得妳算命都是騙人的，我曾經非常恨妳們。」

若不曾遇到感情的重創，耀嘉可能就是個地主小開，風花雪月我行我素，隨便做什麼，反正也餓不死。但彩雲離開又閃電結婚生子給他重重一擊，父母心疼他，決定送他到加拿大遊遊學散散心，不抱任何期待的去念個語言學校。沒想到他一到國外，眼界大開，西方的教育方式不同，耀嘉開了竅，讀完語言學校後繼續申請到大學電影系，一路讀到博士班。「我從小就是討厭課本裡教的東西，老是考最後一名，說不自卑是騙人的。只有彩雲鼓勵我，她發現我相片拍得很好，說我有天份，她常常陪著我到處拍照。彩雲常常介紹我看一些攝影師或藝術家的東西。到國外遊學，我才慢慢懂得她給我看的那些書，原來是她啟蒙了我！」

當年考三次聯考都落榜的學生，經過八年歷練，現在已經是大學的助理教授，也拍了幾部影片。耀嘉笑起來很迷人，過了八年依舊瀟灑，眉宇間更多了自信，可惜彩雲沒那麼多青春能守候他。「我知道彩雲不會想再見我了。有機會幫我把這相本送給她。」耀嘉拿出了相本：「我以前就很愛拍彩雲。雖然她總覺得自己不夠好看，但在我眼裡，她是最美的。」玉卿隨手翻了幾頁，彩雲不算是美人，但在相本裡，張張臉色紅潤、明亮動人。

「在情人面前都是最美的，不是嗎？而且會為了對方，想讓自己更美更好。玉卿姊，很高興再見到妳，妳是對的。草裡藏珍珠，只是那個找到珍珠的人又放棄了珍珠。有機會幫我謝謝彩雲。」

遠行不利婚姻

命運咖啡館來了個十八歲青春洋溢的妙齡少女韓寧，一雙明亮聰慧的大眼，白裡透紅的肌膚，身段優雅高挑明艷，進退有據自在從容，一眼望去不算也知，非富即貴。

玉卿事先排過命盤，女孩既年輕未婚，就先從她的家庭聊起。她的雙親應是富貴名門，田宅事業運勢奇佳，但其中一方婚姻恐有波折，大富之家，父親風流尋常慣見。再看兄弟姊妹，應該也是優秀過人：「妳出生富貴，父母、兄弟姊妹運勢都很不錯，未來凡事都有很好的起點，今天，有沒有特別想問的事？」

玉卿起了頭，卻見女孩一臉訝異：「玉卿姊，妳看錯了，我家裡環境不錯，但我是獨生女，沒有兄弟姊妹啊。」這女孩兄弟宮紫微破軍同在，富貴可靠，但搭配父母宮來看，極有可能是同父異母、同母異父的兄弟，她似乎不知情，玉卿覺得尷尬：「兄弟也可泛指極為親近的堂表兄妹，或是情同姊妹的好朋友。」女孩沒心機地笑了，天真，不識愁滋味。

「最近我考上台大，但是我爸媽想直接送我出國讀大學。我們家在紐約有分公司，他們希望我到美國發展，將來直接接管事業。可是，我捨不得離開台灣。」玉卿盤算著女孩的遷移宮與近十年運勢，確實有些不妥：「在紫微斗數裡，遷移宮主掌外出的機緣與運勢，妳的遷移宮運勢不佳，出門恐有劫難，遷移宮與夫妻宮相互影響，妳若遠行會牽動你的婚姻。這些妳都列入參考，爸媽也是為妳著想。」

很少面對小女孩，玉卿不知道什麼該說，心裡有些忐忑。「啊？玉卿姊，好準噢。其實我不想出國，我有很喜歡的人，不想離開他。我出國，就會離開他，對不對？」

名門千金的負擔

富家少女韓寧獨自來到命運咖啡館，羞答答地面對陌生的玉卿述說自己秘密：「玉卿姊，妳說我該怎麼辦？我有很要好的男朋友，我們高中三年都同班，他也很優秀喔，我們可以一起讀台大，我不想離開他。」

涉世未深情竇初開，正是把感情放在第一，傻傻追求天長地久的年紀。「那怎麼不跟爸媽商量一下？如果那男孩子條件不錯，兩人真的可以穩定下來，說不定他們也不會逼妳出國讀書。」韓寧皺緊眉頭，淚水奪眶而出：「不可能，我爸不可能答應。」原來，韓寧來自政治世家，父親是地方望族也是政壇要角。韓寧和小男友就讀男女同班的知名高校，三年來近水樓台才能矇混過這一切。獨生女原本就寂寞，加上特殊的家世，韓寧生活相當封閉，兩小無猜是她成長過程唯一的慰藉。眼看就要失去高中三年保護的羽翼，下一關不知道要如何熬過：「從小我爸幾乎天天不在家，從來沒有陪過我。他根本不在意我想什麼，我只是他向別人炫耀時的工具。我想要自由。」

「那妳不妨先找媽媽談談看，如果妳真的很不想出國，可以考慮先在台灣讀書，繼續交往看看。其實，妳們都還很年輕，感情現在下定論也太早。」韓寧陷入苦思。媽媽出身名門，當年也是由雙親做主訂下婚事，年紀輕輕就生下她，但生產時難產，傷了子宮就此不孕，只有這獨生寶貝。母女倆如同姊妹花，感情也很好。兩人在父親高壓指揮下過得戰戰兢兢，儘管錦衣玉食不沾塵埃，卻活像兩尊芭比娃娃。

父親成天在外，重要應酬時就把母女端出來獻寶，母親過於溫順，總是唯唯諾諾低調應承，她能發揮作用嗎？

桃之夭夭
灼灼其華

玉卿心腸柔軟，自從韓寧離開後，她隱隱不安。曉維沒見過她這樣，好奇問她，她說：「那小女孩命運很特別，出身雖然富貴，長大之後卻憂喜參半，每個決定都很關鍵。她這一走，我也使不上力。好擔心。」

隔幾天，咖啡館前停了部高級轎車，一名女子緩緩下車：「聽說這裡有個算命師？」玉卿向前招呼，女子彷彿電影明星般，衣著品味甚佳，溫婉柔美卻不顯霸氣，看神韻，直覺是韓寧的母親：「是妳給我女兒算命，勸她不要出國的？」玉卿本以為她是來興師問罪，但坐定一聊，女子態度曖昧：「妳是怎麼看的？可以告訴我嗎？」

和媽媽商量也好，玉卿逐一分析韓寧的命盤：「她在家鄉發展沒有什麼不好，到外地反而會有波折……」女人打斷玉卿，直接問：「妳為什麼說她有兄弟姊妹？」難不成是來捉姦？玉卿說：「我只是對照她的父母宮和兄弟宮。」「這麼準？」女子喃喃自語，眼神閃爍，突然拿出兩個人的八字：「叫我灼華。幫我看看我們夫妻的命盤。」玉卿收下，她需要點時間思考。

灼華便點了杯藍山咖啡，與曉維攀談起來：「妳用Bodum的虹吸式咖啡壺？好懷念。我小時候，爸爸用Bodum Santos煮咖啡。這種咖啡壺五〇年代就有。很經典。」灼華細細品味咖啡，回到少女時代。「桃之夭夭，灼灼其華」是她名字的由來，她出身書香世家，祖父日據時代就留學，擔任過校長，父親留學東洋卻十分洋派，對子女調教極其用心，家族到了父親這輩已是日落西山，只剩點門面了。父親與韓家訂親，灼華卻並非真心想嫁。

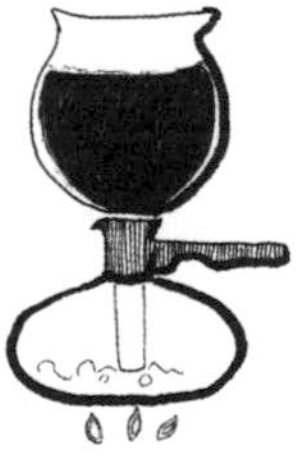

此時，玉卿也算得差不多了，她望著灼華，發現問題在她。

家女身世之謎

灼華抱著好奇心來到命運咖啡館，順便也問問自己的婚姻。

過去近二十年，她心中藏著一個巨大的秘密，活得像丈夫的影子。反正，無憑無據，若說中了什麼，也不能怎樣。玉卿娓娓道來：「韓太太出身書香世家，但父親大概在妳懂事後便家道中落，沒有太大作為了。」灼華心驚，壓抑情緒繼續聽。「妳年輕時，夫妻宮有明顯的落陷，按理說，妳有一段沒有結果的姻緣。」「妳果然厲害。確實，我在婚前有過一段感情。我深愛著對方，但對方卻不是真心待我。後來，就不了了之了。」灼華語帶保留地說出過去。

「對方後來結婚生子了嗎？」「我不知道，為什麼這麼問？」玉卿不敢再接話。因為她同時看了韓先生的命盤，此人雖然人富大貴，但最嚴重的缺憾卻在於子嗣，一生就算再風流，也恐怕無後。「因為，我看，韓先生應該沒有子嗣。」灼華一臉驚恐，臉色一沉，默不作聲，怪自己多事來這一遭。玉卿見狀體貼地說：「如果妳沒有想問的，我們到此為止。」

反倒是灼華突然像洩堤似的，說出自己二十年來的痛苦：「沒錯。對方已經結婚生子，有好幾個孩子。他是我遠房親戚，我雖然已經訂婚，卻愛上了他，一度想跟他私奔，但是他不敢。我萬念俱灰，就乖乖接受了父親的安排嫁到韓家。」灼華沒說出口的事實是她一結婚就察覺有孕，亦非處子之身，先生心裡有數，但礙於豪門聲譽，硬著頭皮全數瞞下，灼華在先生面前始終抬不起頭。

婚後他們不管怎麼努力，甚至他處處留情也都沒有孩子。韓寧聰慧漂亮，又有人緣，先生有了功利的想法，期待他日能結交個豪門親家。

韓家強勢主導，決定讓韓寧陪著表姊一起到美國念書，她也申請到常春藤盟校，交通住宿一切都準備妥當。

雖然韓先生極力栽培寧寧，父女倆卻不特別親暱，對於獨生女兒即將遠行，他也只是嚴肅叮嚀一些生活事項。寧寧很感傷，甚至有種被掃地出門的奇怪感覺。離開前，她與男友約在命運咖啡館裡相見，男孩樸實有禮，感覺是個好孩子。玉卿意外知道真相卻不敢吭聲，袖手旁觀，但非常鬱卒。臨走前，她提醒韓寧說：「我只能說，能不去最好。」

韓寧回家極為沮喪，父親竟在女兒出國前夕照樣應酬、深夜不歸。韓寧藉機找媽媽聊天，提到男友的事情：「我很清楚他是愛我的，他永遠都會等我的。」灼華想起那年她求情人帶她走，而他卻避不見面的悲劇，她不想讓孩子繼續過著不明不白，任人擺佈的人生，決定鼓起勇氣對女兒說出真相。韓寧哭紅了眼，卻也把心裡許多疑問想清楚了，難怪父親和自己總有些隔閡，從小到大都很少抱抱她。韓寧成熟地對媽媽說，她反倒覺得有點對不起爸爸，但她不想去美國了，也不想再用爸爸的錢了。她的前半生是母親委屈借來的富貴，今後，她要走自己的路。

原本同行的表姊到美國機場後，由長輩安排司機送往學校。但司機在開往學校的高速公路途中天雨路滑，車身翻覆河谷，韓寧的表姊意外喪生。逃過這場大劫難的韓寧，告別韓家，住進大學宿舍。韓先生不想再為難他們母女，答應妻子不再過問韓寧的事，但求韓寧不要連累他的聲譽。

韓寧課餘就到命運咖啡館打工，學做菜、沖咖啡，成了曉維和玉卿的得力小幫手，展開全新的生命。

父憑子貴的男人

上班族下班後，傍晚命運咖啡館就成了臨近社區的小館子，簡餐價位對一般家庭不太划算，這時候生意最冷清。

林家四口算是這裡少見的熟客了。林太太是企業高階主管，沒時間做飯，她習慣下班後帶一家人來吃飯，自己來壺紅茶，輕鬆一下。林太太有一對幼稚園大班的五歲雙胞胎兒子，正是多話好動又可愛的年紀。大眼汪汪，笑容迷人，魅力直逼童星。兩個小傢伙一進門，咖啡館就熱鬧了，連喜歡安靜的曉維也歡迎他們，總要加贈點心和小玩具，逗小孩子開心。

「婚姻就像圍城講的，城外的人想衝進去，城裡的人卻想逃出來。」玉卿對這家人下了這樣的眉批，曉維八卦嗅覺靈敏：「有問題？」「妳不覺得，林太太很辛苦？一個人養家，那老公成天做這做那的，沒一件事做得成。聽說她大著肚子時，先生還跑到大陸去，做現成的老爸。」玉卿把剩菜整理整理，打開電視劇，準備和妹妹吃飯：「這後宮，都是母憑子貴。但是妳可聽過，男人也可以父憑子貴嗎？」

原來這對夫妻當年是奉子成婚，交往不到一年對未來還沒規劃，匆匆忙忙進了禮堂。婚後，孩子交給娘家媽媽一手帶大，毫無後顧之憂。太太的事業運勢奇佳，平步青雲，一路升上高階主管，先生卻庸庸碌碌毫無成就。倉卒成婚，做太太的充滿委曲：「那時候檢查聽到孩子心跳聲，不忍心拿掉。結婚的時候他心不甘情不願，像是被逼婚的，現在什麼都不管，好像都不關他事。」

林太太拿八字請玉卿算，玉卿一看也覺無奈：「這男人運勢平平，但還是命好啊，很多事情不必費力就有，一生全靠妻子、兒子庇蔭。」

沒事惹事的白目男人

一家四口又來吃晚間簡餐。但先生遲疑半天，不肯點餐，玉卿站在一旁非常尷尬，就聽見他在抱怨：「幹嘛又來這裡，就這幾道菜，才一點點就要幾百塊，妳在家裡隨便炒碟青菜，五十塊都不到。」

不出錢還抱怨，這男人實在白目又惹人厭。太太果然忍不住開火：「我每天工作到七八點，還要給你做飯？我欠你的啊？有東西吃就偷笑了，你吵個屁。你養我啊，我就辭職當家庭主婦，乖乖在家給你炒菜煮飯。」身旁雙胞胎兒子見苗頭不對，滑頭地說：「把拔馬麻吵架不乖，要說對不起。」玉卿體貼做太太的辛苦，刻意不用簡餐裝盤，特別給一家四口炒了些家常菜，讓他們像在家吃飯一樣：「培根高麗菜、蝦仁炒蛋和乾扁四季豆是小菜升級，給孩子們補充營養。」佔得便宜，男人快意吃著，竟還說：「這還差不多，老闆娘，這樣做生意才對啦。那個餐盤太小了，搶錢也不是這樣搶的！」

「有夠白目，我是咖啡館，你當我是熱炒店啊。」曉維心裡不爽，低聲罵老姊。「舉手之勞，就當是幫小孩嘛。」玉卿為林太太抱屈。飯後，先生帶著孩子先回家，太太藉故留下來和玉卿聊聊：「玉卿姊，救救我，他又要開公司了。他到底什麼時候才會時來運轉？要和朋友加盟寵物澡堂，不帶家裡的孩子去帶別人的貓狗！」這林先生的命已經算了好幾回，既沒才華又沒擔當，不做事倒好，一做事反而拖累家人。

林先生成天閒著沒事找事做，先前投資手機包膜也是一敗塗地，連累兩邊家裡為他湊錢還債。三個女人聽了都煩，曉維忿忿不平：「現在的男人都沒肩膀，休掉他，女人當自強。」

我算不算苦命的女人

林家四口很久沒有來吃飯了，玉卿心裡總是掛念著林太太，不知道林先生會不會又捅出什麼婁子來。

隔了半年，一天夜裡，林太太愁眉苦臉一個人上門來：「玉卿姊，我好想念妳的滷味。」因為咖啡館廚房太小，玉卿習慣在家裡先做好滷味。小段排骨、三角油豆腐、滷蛋、紅白蘿蔔，用冰糖、蔥段、老薑與古早醬油滷過，材料新鮮，調味簡單，口味家常，甘甜回韻。滷上一大鍋，熱一下就能吃，滷汁又好下飯，非常受附近上班族歡迎。玉卿像招呼自家姊妹，端上一大盤。

「這排骨好嫩，豆腐好好吃噢。跟我媽煮得一模一樣。」林太太名叫趙秀雅，人如其名，秀麗清雅，但還不到四十歲，生活壓力過大，看來已經有些滄桑：「我媽過世了，我以後更沒有依靠了。媽媽臨走前，還擔心我嫁這先生不可靠，要我好好照顧自己。」不知道是燙，還是淚，她眼眶泛著紅紅的血絲：「玉卿姊，妳說，我算不算命苦？」玉卿揉揉她的背，輕聲安慰：「從前女人如果有先生照顧，相夫教子，就是好命，現代社會價值正好反轉，妳事業有成就，一切靠自己，是好命。」

這半年秀雅心力交瘁，母親病榻纏身終究撒手離去，偏偏先生不聽勸告又開了家寵物澡堂。他放不下身段，不善於待客，全讓工讀生經手，生意非常清淡。唯一好處是，雙胞胎兒子很喜歡狗狗，下了課就要去店裡幫忙，家裡也認養了一隻被棄養的拉布拉多犬。

「妳說得對，至少我有一對寶貝兒子啊，妳看他們多可愛。」秀雅掏出手機讓玉卿姊妹倆看照片，雙胞胎濃眉大眼表情生動可愛，比童星還耀眼，玉卿突然靈機一動。

順勢而為的人生

林先生不顧家人勸阻又開了寵物澡堂，生意清淡，夫妻兩為此不知道吵了幾回，加上太太秀雅的母親過世，心情沮喪，夫妻關係凍到谷底。

彷徨無助的秀雅來找玉卿商量，甚至連離婚都想好了：「我受不了這自私的男人，我媽過世時，捨不得這兩個孫子，特別給我留了一筆錢，我想，我有能力獨自扶養他們，不要再跟那個敗家子攪和了。」那個男人莽撞與自私，玉卿也見識過，但非要弄到妻離子散不可，好像也沒必要：「凡事不要處理得太絕，不留退路。乾脆順勢而為，反而好。既然那男人就是得靠妻小庇蔭，由你和兒子來主導生意，也不是壞事，別看你們孩子還小，他們很重要，你們夫妻倆將來全靠他們。」

秀雅聽從玉卿的建議，將母親留下的錢為先生的澡堂重新裝潢，增設人力做好服務，然後替雙胞胎兒子和寵物澡堂成立一個粉絲團，在網路上大做宣傳。先生玩起這些新興媒體，倒是駕輕就熟。他不時為兩個兒子扮裝搞笑，和寵物互動，和寵物洗澡，帥氣的兒子立馬成了師奶們追蹤的對象，連他們穿的衣服、玩的玩具、吃的零食粉絲都深感興趣。不少廠商上門來找雙胞胎做網路口碑行銷。不到半年，生意興隆，荷包滿滿。

每逢星期一公休的日子，秀雅就帶著一家四口到咖啡館裡用簡餐。想起那個冬夜，她原本做了最壞打算，沒想到一句「順勢而為」幫她改變了一切。一對雙胞胎見人就笑，今天是巴斯光年的打扮，一進門就嚷嚷要吃大大雞腿。

秀雅由衷感謝玉卿，但不知情的男人依舊白目，一進門就開始嘮叨：「我們現在發了，幹嘛還來這裡？吃都吃膩了。遜！」

遇上強弩之末的男人

玉卿算命並不對外張揚，都透過認識的親友相互介紹。下午客人介紹了位陌生的貴婦，照八字看，年近五十，本人卻顯得年輕許多。雍容華貴，一張無瑕白淨的臉，像電腦繪圖修片過似的，應該花了不少錢找高手「整理」過，美則美矣，但還是有種說不出來的「扭曲」，和重新整容過後無言的滄桑。

女子有些拘謹：「先幫我看看整體的運勢吧。」玉卿不是省油的燈，直接了當讓對方折服：「從妳的紫微看來，最明顯的就是太陽落陷，出現在黃昏，妳生命中遇到的男人多半是強弩之末，妳和父親、先生的緣分不深，恐怕也沒有子嗣。不過人生是公平的，妳的正財和偏財都非常好，一生不愁吃穿，事業也不錯，算是有得有失吧。」女子臉色大變，玉卿繼續分析著：「妳父親年紀很大才有子嗣，雖然家裡很有錢，不過在妳成長過程中，他和妳互動不多。妳是私生女嗎？」女子一驚：「妳怎麼會知道？」其實玉卿是從父母宮看出來她的父母應有多次婚姻，但見這美人鬱鬱寡歡、不敢直視人，玉卿才大膽推測是她的出身令她退縮。

這時曉維端咖啡過來，她總是藉機想推廣她的手沖咖啡：「這是您點的巴布亞紐幾內亞莊園咖啡，香氣狂野，甜中帶苦，尾韻有點酸澀。」有點「酸澀」的女子差點打翻這杯咖啡，追著問：「那我的夫妻運勢也不好嗎？」「妳曾經和年紀比妳大很多的男人交往過，而且對方是已婚的？」女子頓了頓說：「那，都是過去式了，我今天要問的不是這個。我結婚了，我想問的是我先生和我……」玉卿心頭一驚，結婚？她會不會被騙了？因為她並無正緣之命。

私生女變小三

玉卿看這位貴婦的命盤，命中男人多半是強弩之末，她將無所依靠。聊了一小時，女人說出自己的故事。

她叫顧均，父親是退休的老將軍顧雲，在台北東區擁有多筆地產，是有財有勢之人。父親擁有三房妻妾，顧均的母親是他老來才招惹的小可憐，大小老婆已纏鬥多年，好康的輪不到小可憐。母女倆只分到一處居所與固定的生活費，進不了顧家大門，和父親緣分甚淺。母親教育程度不高，雖然生活無虞，也怯於和外界接觸，就只待在家裡陪伴小均，母女相依為命。顧均自小承受母親與自己雙倍的寂寞長大。

顧均渴望愛情，卻也恐懼愛情。自懂事以來，感情跌跌撞撞，總是不得善終。男人欣賞她的纖細與嫻靜，卻耐不住她的憂鬱與敏感。工作沒多久，她卻偏偏複製了母親的命運，成了富商的小三：「我痛恨爸爸，自己卻像著了魔似的，介入別人的婚姻，還拖了十年。」「戀父情結吧。越是得不到的遺憾，越是渴望。」玉卿從命理師變成了心理醫生，顧均點頭同意：「他像爸爸一樣寵我疼我，忍耐我所有情緒，他說他會離婚，我等了十年。一下子妻子生病，一下子女兒叛逆。」

玉卿下了結論：「妳絕不輕言放棄，這種執著，放在工作上正好，放在錯誤的感情上，會死得很慘。」顧均低下頭：「我相信他只愛我一個。我認為他太太跟我大媽一樣，只是為了錢，才巴著他不放。他生病倒下了，我只能躲在一旁觀察。他太太沒日沒夜全力照顧，夫妻情感非常深。」咖啡涼了，顧均啜了一口，更酸更澀更苦。沒有未來的愛情，就像冷掉的咖啡，再也無法追回原有的熱度與香氣了。

誰才是小三

顧均說完上一段感情故事，總算切入正題；「那十年，我吃了不少苦頭，現在都四十幾歲了，難道不能有好的歸宿嗎？」

坦白說，就面相或是命盤來看，玉卿對顧均遇到的男人都不樂觀，但是她卻一再強調，兩年前和一個條件非常好的對象結婚了，至少，再也不是小三了。「既然妳這麼有把握，那今天還要來問什麼？」只見她臉色一沉，繼續說起了下一段故事。原來顧均正式結束與富商的關係後，在朋友的喜宴上結識了一個年紀相仿的男子，他是個作家。顧均長年在金融圈工作，往來的男人多半精於計算，市儈味濃，所以這男子的氣質和談吐格外吸引她。

這人離過婚，孩子的監護權交給了妻子，目前孤家寡人一個，兩人一拍即合。因為彼此皆有情傷，不便太高調，年紀也不小了，便悄悄公證結婚。婚後，兩人同居在顧均原有的住所，男人的居所不變。若是加班、出差、或女兒來找爸爸時，他就不回顧均的住處。顧鈞介意的是，兩年來，總是她開門等待他回家，而男人的家卻不曾讓顧均看過。

玉卿覺得怪。顧均想替男人解釋：「女兒常到家裡找他，她不希望孩子知道他再婚，我不敢干預他太多。前不久我偷看到他掉在家裡的隨身筆記本，這才發現，他對一個舊情人念念不忘。雖然他們兩人交往在認識我之前，但他好像還是不斷想找那個女人。我和他大吵一架，他竟然罵我說，妳才是小三。為什麼我結了婚，卻還被當做小三？」

玉卿無奈的說：「我不是徵信社，我只懂命盤，我沒辦法單從妳的命盤來看他的問題。不如，妳給我他的出生年月日？我再幫你們合一下八字看看。」

靠女人庇蔭的男人

四十多歲的顧均，經歷多次感情波折，兩年前低調密婚，本以為能夠就此得到好歸宿，但她的這個先生相當自我的生活，令她極度不安。

她請玉卿幫忙算算先生與自己的未來，玉卿立刻看出些端倪來：「這男人是不是在女人堆裡面長大的？」「沒錯，他家裡有四個姊姊，是獨生子。」「這男人有個很明顯的特徵，一生環繞在身邊重要的關鍵人物都是女性。這種男人通常沒有同性的朋友。工作上、生活上幾乎都是女人，可以說是靠女性庇蔭的男人。」文化界陰盛陽衰，女性居多卻常作支援性的工作，男性只要工作能力不錯，就有機會擔任主管職位。顧均回想起來確實有些道理。

「所以，他會因為這樣，所以？」玉卿知道顧均想問什麼：「這種男人一輩子都靠情感上的曖昧讓女人發揮母性，借力使力。要是英俊瀟灑，當個藝人也不錯。」顧均想想，先生英俊說不上，但氣質不錯也頗有男性魅力。「難怪你說他很在意自己的隱私權。這種男人不會讓女人看透他，來者不拒，若即若離，半推半就，才會有女人為他掏心掏肺。妳不能限制他，因為女人是他的貴人，沒有女人幫忙，他的生活和事業都會走下坡。他的正緣很明顯，有三段！」

「三段？」顧均急忙問：「是指婚姻嗎？」玉卿忽然覺得這份命盤好熟悉，不免自己嘀咕：「我好像算過一個人的命盤跟這個人好像，請問他叫什麼名字？」顧均支支吾吾，許久才開口，「他就是唐衡，妳應該聽過。」此時，曉維淡定地端著手沖咖啡走過來，玉卿突然想起唐衡是誰，一時慌張揮手打翻了曉維手上的咖啡，墨色飛濺，一片狼藉。

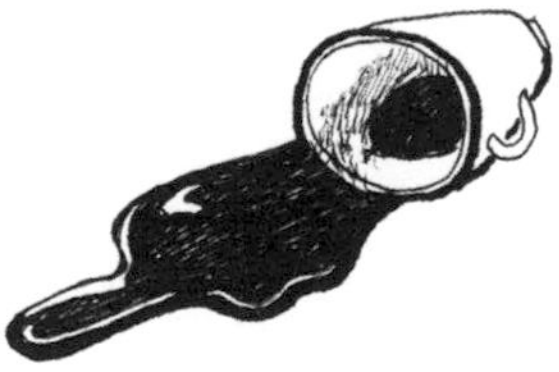

愛情
欲擒故縱

顧均找玉卿算命，沒料到他的先生竟是名作家唐衡，是曉維以前出版社的上司，唐衡正是曉維無緣的戀人。

如果照顧均的說法，顧均最介意唐衡念念不忘、苦苦糾纏的舊情人正是玉卿的妹妹曉維。玉卿當年好不容易攔阻下這段孽緣，怎麼樣都不能讓它死灰復燃。顧均此刻忽然變成了玉卿需要的盟友，玉卿反而急於刺探所有的軍情：

「妳有什麼證據顯示，他和舊情人還有保持聯絡？」她瞄了曉維一眼，心想，妳這傢伙不是一星期六天都窩在這咖啡館裡嗎？怎麼能和唐衡在一起？

「他最近工作不是很順利，出版社景氣很不好，老闆逼著他們要衝業績，他自己的寫作品也停擺了。我建議他出版理財、管理的書，我還給他介紹了一些理財高手，結果他很生氣還發了頓脾氣！」顧均不疑有他，娓娓道來：「他說他以前的副總編非常棒，可以挑出又有質感、又能帶動話題的作品。我偷看他筆記本，發現他是為那個女人離婚的，但是她也離開他了，再也沒跟他聯絡。我覺得自己只是替代品。」玉卿一邊問，一邊賊賊的偷看曉維，她捧著本書津津有味地陷入沉思。

玉卿盤算著，這男人雖然曖昧不斷，但是真正認真的應該只有三段感情。若說離婚的前妻是一段，舊情人是第二段，第三段就是顧均了。「說實在的，妳的男人運很不好，正緣都不深。如果妳繼續維持，會把自己逼上絕路。愛情要欲擒故縱，妳給他空間，他會更愛妳。不要再追查那些陳年舊事，妳越是追究，越是提醒他想念舊情人。」

玉卿講完，禮貌送客，離開前嚴正提醒顧均：「千萬別跟他提算命的事，也千萬別帶他來這裡。」

妳的愛情是恆星

送走了顧均，往事卻一幕一幕湧上心頭。

玉卿、曉維兩姊妹都是單身，多年來同住，玉卿代替母親悉心照顧妹妹。幾年前曉維任職出版集團，曾編出一系列質量俱佳的暢銷書，唐衡非常欣賞曉維，長期合作日久生情，漸有曖昧情愫。玉卿多次撞見唐衡送曉維回家，暗夜相擁，依依不捨。唐衡早有妻小，玉卿非常不悅，無論如何也要把這段孽緣攔下來。

曉維從小成績優異心高氣傲，沒多少男人她看得上眼，工作多年依舊小姑獨處，卻偏偏心儀唐衡，為他打理一切，助他事業更上層樓。或許，再驕傲的女人，終究渴望在愛情中受到肯定。她不時偷看小妹簡訊，唐衡嘴巴甜，會把妹妹捧上天：「妳是我見過最有才華的女人，我要為妳搭建一個舞台，讓妳成為文壇最耀眼的明星。」玉卿半拐半騙要到了唐衡的八字，這一算更是怒不可遏，這男人根本是一輩子靠女人庇蔭搞曖昧的慣犯。玉卿苦苦相勸：「他就是離了婚，也會一輩子搞曖昧，我拜託妳清醒！」曉維痛苦大哭，幽怨地說：「我也想要有人愛啊，妳老是說妳會算命，那我的愛情在哪裡？」「妳的愛情是恆星，不要惹那些爛桃花！」曉維離開出版社，開了自己的咖啡館。

玉卿挑釁曉維：「妳知道剛剛那個人是誰嗎？是唐衡的新婚妻子。」曉維從高腳椅上摔下來：「原來是長這樣喔？她來幹嘛？」「算命啊，想算小三在哪裡啦。」玉卿試探曉維，所幸，她一臉的不屑：「我知道他結婚啊，只是沒見過這女人。混蛋東西，結了婚還給我傳簡訊。」

她打開書繼續看：「還是我老姊厲害，讓那女人去難受吧，我乖乖等我的恆星。」

無人青睞的咖啡

咖啡館下午沒什麼生意，曉維捧著一本書靜靜地讀著，玉卿坐在一旁看著這個小妹，開咖啡館之後，原本好靜的曉維就更宅了，每天窩在咖啡吧台裡沖咖啡、看小說，偶而拿起筆電胡亂寫點東西。都三十歲了，還是沒對象，坐在這咖啡館裡能等到她命中註定的愛情恆星嗎？

根據紫微斗數十年大運的運勢來看，曉維的真命天子應該在這十年之內已經出現過了。玉卿曾經非常擔心，那個人就是曉維在出版社認識已婚的唐衡，但唐衡已經離婚又再婚，曉維看來早就放下了，真命天子倒底在哪裡？玉卿自己都很心虛。

「妳的男人在這十年之內已經出現了，要不要趕緊想想，有誰喜歡妳？或是妳喜歡誰啊？」「神經病。」曉維回答，她總算站起身來：「看書看得好累。來沖一杯咖啡吧，我買了一些瓜地馬拉安提瓜的豆子，有微微的果酸，熱水滲透之後，會有杏仁的香氣。這款咖啡豆再加點牛奶，油脂豐潤，滑順可口。」玉卿感覺小妹的姻緣跟咖啡的香氛一樣飄忽難求：「我根本聞不出來！妳的咖啡跟妳的人一樣，很難讓一般人感覺到特色。」曉維立刻頂嘴：「我才三十歲，我一點也不擔心，倒是妳，都快四十了，不要一直在這裡對著我嘮叨。」

就在兩姊妹無聊到彼此拌嘴時，日前重逢的耀嘉進了咖啡館，他自從再見玉卿之後，就常來咖啡館喝咖啡聊天。「你又來算命啊？」曉維沒好氣地說。玉卿藉機取笑：「教授，你來得正好，有人說，她有一種什麼哈密瓜咖啡的香氣都沒人欣賞。請你喝一杯嚐嚐。」

曉維就在玉卿耳邊回敬一句：「這麼常來，算算看啊，他不是最愛姊弟戀嗎？」

至少我曾經愛過

久違的耀嘉自從和玉卿姊妹重逢之後，偶而就會到咖啡館坐一下。

曉維見耀嘉突然來得很勤，心裡揣測他是不是還想要姊弟戀？說來奇怪，姊姊總是算別人的命，自己的姻緣卻渺茫。快四十了，成天在妹妹身邊打轉也怪孤單的。算命師當然會算自己的命，玉卿懂事以來就知道自己有這方面的慧根，其實是對人性極感興趣。但老天爺是公平的，祂開了她的智慧，卻也奪走她其他優勢。玉卿雖然長得圓潤可人，但就是沒有好姻緣。人們總是找她解惑，卻無人給她慰藉。

其實玉卿作房屋仲介業務時曾經愛上過一個男子，陳星。那是她的客戶，五十幾歲，那時他剛剛喪偶，來到仲介時，萬念俱灰，瘦得像個鬼，說要找個郊區的房子獨居安度餘生。他手頭並不寬裕，玉卿陪著他到處找，想找個便宜舒適的社區，找著找著，看不上眼的居多，想要的也買不起，耗了一年都沒找到。

「我希望房子看出去視野開闊，我不想看到別人的陽台、鐵窗。最好有個窗台，一盞燈，可以一邊看書一邊遠眺。」「這個陽台很棒，種點植物，就會充滿綠意。我很會種花，到時候我可以教你怎麼種。」兩個人一次又一次勾勒住所和未來的生活，越走越近。玉卿戀上了陳星，卻惶惶不安，不敢接納他的情感。她自己盤算，命中剋夫，不想連累陳星。

一日，他們在新店碧潭附近看房子，放眼望去正是碧潭景緻，天氣清朗萬里無雲，陳星決定下訂，終於克制不住自己的愛意，輕攬住玉卿問：「妳願意和我在這裡一起生活嗎？」玉卿淚流滿面，心想：「如果這是命中註定，不管未來如何，至少我曾經愛過。」

死了都要愛

那年玉卿和陳星同居，兩人搬進了碧潭的住所，陳星對玉卿呵護有加，兩人十分契合，那是玉卿生命中最美好的時光。

玉卿因為相信命理之說而有所顧忌，始終刻意不談婚事。陳星自覺年紀大，又曾經喪偶，配不上玉卿，他誤會玉卿還在觀望。一年後的中秋，陳星準備了婚戒在湖光秋色中，再次向玉卿求婚：「我知道我老了，妳願意做我的妻子嗎？」「我們這樣，沒什麼不好啊。」陳星哀怨地問說：「妳是嫌棄我老還是嫌棄我結過婚？」玉卿連忙解釋說：「其實是我怕連累你。」玉卿說出自己素來擅於命理，擔心自己命中的劫數會傷害陳星。陳星這才破涕為笑：「妳竟然相信那些無稽之談？能得到妳的愛，娶你為妻我此生無悔。」誤會冰釋，他知道玉卿寧可不要名分也要保全他，更讓他感動，他緊緊抱著玉卿：「我要妳做我的妻子，就算是死了都要愛。」

玉卿答應求婚，依舊婉拒婚禮，繼續隱瞞父母和曉維，她要的是幸福，不是契約。但陳星很快發現自己罹患肺癌，身體迅速走下坡，善良的他還安慰玉卿說：「都怪我自己抽煙，抽了十幾年，是我連累了妳。」玉卿在陳星的病塌全力守候，醫生說：「陳先生有種家族遺傳的基因，容易造成癌細胞快速轉移。」陳星繼續安慰玉卿：「唉，看吧，我父親叔叔都是這樣，我不該招惹妳的。」兩人相遇，到底是誰影響誰，永遠說不清楚。陳星走了，他臨別前說：「我至少愛過妳。妳要好好幫我活下去。」他的疼惜與體貼，在她生命裡注入短暫但恒久的溫暖。

她默默鎖上回憶，像是沒事似的，從一場甜蜜夢境回到現實，回到自己的家。

愛的決定一瞬間

耀嘉到命運咖啡館不是要來算命，而是要找曉維商量。

他在大學擔任助理教授，教攝影與短片創作。暑假期間他帶著大學生去指導鄰近社區的中輟生拍照，希望他們透過自己的視角觀察世界，藉此提昇自己的自信。他對曉維說：「我不愛讀書，大人覺得我很笨很壞，其實我只是不知道要做什麼。我希望幫幫那些年輕人讓他們思考自己要什麼？妳的咖啡館可以辦小型展覽，可以讓這些年輕人的作品多一個展出空間。」耀嘉的話提醒了曉維，與其抱怨老姊賣簡餐幫人算命，降低咖啡館的格調，不如自己著手規劃一些小型展演，讓咖啡館有新的契機。

耀嘉常和曉維聊到自己最心儀的法國導演、攝影師布列松「決定的瞬間」理論，他認為攝影就像繪畫速寫，憑直覺完成，不必刻意修改。生命隨時在改變，此情此景一旦消失，就無法改變了：「好的攝影作品，只能憑著觀察、等待還有一顆火熱的心。」「沒錯，我也最討厭那些擺拍、設計的照片，就跟美容的人一樣虛假。」

中輟生的作品一波又一波的展出，孩子們真誠的眼光令人動容。很多客人願意掏錢買下，就當捐錢繼續作他們拍攝的基金。他們用自然寫實的構圖，拍下成人世界裡的虛假、忙碌與滄桑。其中有張照片，一個看似背包客的男人，拋下重擔，坐在街角的咖啡館裡翹起腳來喘口氣。「這送妳做咖啡館的鎮店之寶。」耀嘉說：「妳的咖啡館名字取得真好，徐緩，這裡就是一個驛站，讓生命中的旅人停留，打起精神，再往下一站。」

瞬間曉維怦然心動，開店兩年耀嘉是唯一注意到咖啡館那塊低調到不行的木質招牌的人。

千百度
眾裡尋他

策劃幾次攝影展小有成果後，耀嘉和曉維對複合式經營的藝文空間燃起熱情。

這天耀嘉興奮地來到咖啡館：「玉卿姊，曉維，我們一起來創業好不好！」原來耀嘉的父母親在近郊剛剛推出了一個建案，決定仿照國外社區營造的做法，開放社區一樓公共空間經營咖啡館和藝文空間，這樣一方面給住戶一個休憩空間，另外也能提升形象，活絡鄰近商圈。耀嘉提高聲調，活像個業務推銷員：「玉卿姊開個家常小館，曉維開咖啡館和藝廊。妳們就不用再吵架了。我們可以提供優惠方案，半年不用房租。」耀嘉心急，生怕她們姊妹不答應。

「你不做教授啦？想改行做生意？」玉卿逗他。「玉卿姊替看看我適合嗎？我爸媽正好想要我接班，我還在考慮中。」玉卿先前不曾仔細算過耀嘉的未來，當時彩雲只顧著問他們兩人的姻緣。後來與耀嘉重逢，玉卿仔細算過，才更加了解耀嘉：「你外緣極佳，教書或做生意都可以。適合文市，而非武市。文化事業確實不錯。」「那曉維呢？」耀嘉忘情地問到小妹，曉維在一旁羞紅著臉：「我喜歡創作，才不要做生意。」「我都說過幾遍了？妳自己創作是搞不出什麼名堂的，妳適合做生意，文化是好生意。承認自己的平庸低俗吧？」

「拜託啦，讓我們一起規劃那個空間。」耀嘉笑得燦爛，與曉維深情對望。當耀嘉和彩雲譜著無緣的戀曲時，曉維還是個大二學生，耀嘉對她來說，只是個追求高射砲的大傻蛋。如今十年過去耀嘉已非池中之物。玉卿這才懂得，原來恆星真的一直都在，今後他應該會永遠守護著妹妹吧？

當然她也會跟著他們，玉卿竊喜。

男人女相

玉卿和曉維兩姊妹接受耀嘉的邀請，到耀嘉父母親開發的建案開設複合式經營的藝文中心，規劃藝廊、餐廳和咖啡館三個部分，曉維的「命運咖啡館」即將落幕。

曉維利用咖啡館租約到期前開始招募人力，想找些得力助手協助策展。但這工作不好找人，要瞭解藝術，但得幫忙端盤子招呼客人，重點是待遇不高。曉維和玉卿接連面試十幾個年輕人，不是毛毛躁躁沒有內涵，就是眼高手低不願屈就。這天來了個眉清目秀、氣質陰柔的男子，帶副時髦的眼鏡、高佻纖瘦、皮膚白皙、穿著得體、談吐落落大方，對當代藝術文化議題完全能掌握，曉維和他很談得來。男子畢業於紐約藝術名校，回國已經三年，換了好多工作，大多是兼差，偶而做翻譯。

「你是什麼星座啊？」聊到一半曉維突然好奇試探對方，多數男生對星座議題不感興趣，沒想到他極感興趣：「我是處女座，我很龜毛的。妳要考慮清楚。」曉維笑出聲來，男子笑得反倒含蓄，他沉靜細膩，像個女孩。若要論星座，曉維可是個直率、愛冒險的射手座。男子離開後曉維還是忍不住向老姊求救：「我有他的出生年月日，妳算算看。」玉卿老成的說：「你沒見他是明顯的男人女相嗎？這麼明顯的特徵就說明很多了。這男生八成是太陰坐命。沒什麼不好，反正心思細膩、身段柔軟，配妳這個大老粗剛剛好！」

「我看他應該是同性戀吧。」曉維不免揣測起來。玉卿把握機會嘲笑妹妹：「虧妳要當大老闆了，怎麼一點觀察力都沒有？妳沒發現他手上帶著戒指嗎？」「那可不一定。」曉維嘴硬：「這年頭用結婚掩飾同志身份的人很多。」

低調的年輕爸爸

來到命運咖啡館面試的神秘男子叫陸建庭，無論學歷、興趣與預期的待遇都正好是曉維現階段想找的人。彼此看對眼，曉維決定錄用建庭。

這天三人正在討論開幕展覽，口袋名單有兩個，一個是耀嘉牽線的攝影師、風格冷冽，但在國際上頗有份量，宣傳較有著力點。一個是曉維過去出版社熟識的插畫家，走甜美溫馨繪本風，但知名度不夠高。建庭雖然柔軟，卻很有定見：「在社區裡的藝術中心，開幕展覽很容易就此定調，插畫家比較適合親子共賞。她配合度又高，可以設計親子互動的活動，請她教孩子做繪本或是立體書，有活動，家長停留更久，就會在咖啡廳和餐廳消費，活動效果更好。這個世代的家長，三十出頭，也是藝文活動主要對象，他們很重視孩子的美學教育。」

耀嘉猶豫不決，他擔心藝文中心就此成了社區活動中心。「相信我，走親子美學的路線，對建案的促銷也有幫助。」耀嘉語帶攻擊：「相信你？你這麼年輕，怎麼能代表這些家長發言啊？」建庭微笑說：「我有個三歲的女兒，我可以代表這些家長發言。」曉維和耀嘉瞪大眼，建庭繼續遊說：「我們的藝術中心不在市區，想走純藝術路線，恐怕曲高和寡。會搬到附近社區的多半是買不起市區房子，卻又很重視生活品質的年輕小夫妻。」

耀嘉被說服了，半開玩笑地說：「看來，已婚、有小孩的爸爸就是不一樣。我要加把勁了。哈哈。」曉維卻還沒回過神來，她緊盯著建庭清麗的臉，或許是自己敏感，突然覺得建庭羞澀的眼神也盯著耀嘉不放，語帶玄機地說：「周大哥，很多事情是不能從表面上判斷的。」

算出心中罣礙

建庭程度好又有想法，他先建議藝術中心定位在親子美學活動，接著又建議姊姊玉卿的餐館走有機養生的路線：「現在年輕夫婦不但重視孩子的教育，也重視家庭的健康。很多孩子有過敏的問題，有機食品比較不會誘發過敏原，就算單價高也不是問題。」

建庭論理清晰身段柔軟，只要曉維她們決定方向，他便著手規劃細節，對貿然投入這份事業的姊妹花來說，簡直是老天派來的夢幻助手。但曉維心裡總有隱隱不安，當初看到建庭的學經歷，就很納悶他為何甘於屈就。無意間發現他已婚、有孩子，更擔心憑這份三萬五的薪水要怎麼養家？工作不到兩個月，他經常有遲到早退或是請假的紀錄，常說是家裡有事。「我看他之前換過好多工作，會不會沒多久他就辭職了？姊，妳算過他的命盤沒？」曉維問玉卿，玉卿分析說：「他和耀嘉是絕配，耀嘉外緣甚佳，適合對外衝刺，而他細膩周全，適合對內規劃執行。妳負責管好妳的咖啡館就好。他的命裡，對母親、妻子、女兒、或女主人都不好。」

玉卿認為命理研判的原則是制式的，實質要如何論斷，全得看當事人心裡的罣礙。所以，當事人不主動問，她不喜歡輕率定奪，這是她不願答覆曉維的原因。「有一天他想問，我就會告訴他。」說曹操曹操就到，不過，是電話到了。建庭突然請假，語氣陰鬱，說是孩子病了。玉卿安慰他：「這邊的工作不急，這年紀的孩子難免會感冒啦，休息幾天就好。」沒想到建庭支支吾吾的說：「恐怕不只是幾天呢。玉卿姊，真是抱歉，妳跟曉維姊說一聲，如果我耽誤了工作，妳們再找其他人沒關係。」

千里示愛卻愛錯人

曉維心裡隱隱的不安終於發生了。工作才兩個月建庭突然請假不來上班，甚至透露辭意。

曉維採取緊迫盯人的方法，天天電話問候，建庭似乎另有苦衷。過了一星期，建庭終於又到咖啡館來上班。開頭便是一陣對不起。「真的是孩子的問題嗎？你如果不喜歡這個工作，我不會強留。但是我們很需要你。」曉維單刀直入，建庭眼眶泛紅：「這是我最喜歡的工作，我一直很想打造一個充滿活力的文化場域。但主要是我家庭的問題。」玉卿趁機開口：「建庭，你相信算命嗎？」「只要人家說那裡算命準，我就一定會去算。我很相信這套。」「那你知道大家叫這裡命運咖啡館嗎？」玉卿終於出手了。

建庭談起自己的私事。他大學畢業後到紐約進修，不料幾天後，大學熟識的同班女同學竟然飛到紐約來找他，說自己四年來對他情有獨鍾。女孩千里迢迢勇敢求愛，建庭不忍傷害，更何況兩人在校也很談得來，人在異鄉格外寂寞，兩人的感情慢慢升溫。三年後兩人雙雙拿下碩士學位，正猶豫要留在美國發展或是回台灣時，女孩懷孕了，雙方家長藉此要求他們回台結婚定居。

兩個人都學藝術，女兒出生後兩人手忙腳亂，偏偏孩子體質虛弱經常生病，兩人為了帶孩子幾乎要崩潰了。兩個人年輕人家裡都很富裕，並不愁吃穿。建庭有一搭沒一搭的找工作，一方面賺點收入，一方面也是想藉機逃避，而建庭的太太卻為此長期積鬱成疾。

「帶孩子很辛苦，但也不至於會生病吧？」玉卿追問。「主要是因為我們感情不好。」建庭低著頭說：「我想，沒有一個太太能忍受先生愛的不是女人吧。」

罪惡感驅策的情感

建庭自小就為自己的性向迷惘，他面容清秀，細膩溫柔，經常暗自思慕陽光般俊俏的男子卻強壓抑自己的慾念。

他的父母都是大學教授，繼承了家中數筆土地資產，全力栽培優秀的獨子。建庭壓抑自己，好維持這個貌似幸福的中產階級家庭。當妙儀千里迢迢主動示愛時，他告訴自己，結婚生子，按著雙方家長的期待走下去，他們還是會幸福的，可惜建庭卻在婚後更確定自己的性向。學生時代他的情慾靠著曖昧與思慕度過，與心儀的男子假裝哥兒們搭肩、擁抱、同眠。和妙儀在一起，他才確定自己並不想和女人做愛。

但妙儀不是傻瓜，先生的冷淡對她成了羞辱，因為建庭不敢說出真相，妙儀就在產後得了憂鬱症。她經常情緒失控，對著建庭和孩子咆哮號哭。三年來，建庭在沉重的罪惡感中陪伴著妻女。狀況好些時，她變得理智清醒，還會頻頻敦促他去找工作。但是只要他不在家，卻又無法忍受獨自面對小孩的壓力，天天打電話要他回家。建庭說：「但是這次很不一樣，我很喜歡這份工作，也很喜歡你們，我本來要辭職，但是今天卻忍不住又回到這裡來。」

「為什麼不告訴她真相？說不定她知道以後反而不會懷疑自己的魅力，更能夠諒解你？」玉卿和曉維都於心不忍，建議他說：「你們不能一直這樣過日子，等女兒長大，懂事了，事情會變得更棘手。」沒想到，建庭下一句話更殘酷：「我已經告訴過她了，在一次歇斯底里的控訴後。但她卻說，沒關係，她愛我就夠了。」

建庭的淚水終於滑落：「或許她知道，這輩子，我會為我犯的錯，和這份罪惡感，永遠守候著她。」

作繭自縛的女人

陸建庭壓抑自己同性的慾念，選擇正常婚姻，卻在這場婚姻中成了罪人。

他如溺水之人緊抓浮木，對著玉卿姊妹傾吐多年鬱悶。玉卿合了夫妻兩人的命盤，竟然像是天作之合，一個極為陰柔內斂，一個卻要強至剛。男人像女人，女人倒像男人：「你對感情曖昧不明，但是個性溫柔體貼，有種魅力會讓女孩子想倒追你。你太太沒有灰色地帶，容易走極端，這種個性很容易作繭自縛。」

妙儀精神好時，會為孩子設計美術道具繪本，自製有機食品，細心張羅所有家務，給建庭的工作很多意見。唯一無法改變的是建庭的性向。「她容易鑽牛角尖，甚至會陷入自責，怪自己做得不夠好。偏偏你也是個作繭自縛的傢伙，你們早該脫離繭了，當隻蟲，也比困在一起自由。」玉卿做了結論。

曉維在一旁幫腔：「同性戀也不是誰對誰錯的問題，你應該面對向家人坦白，不要一個人獨自承受，不然會為了一個謊言，要說更多的謊言，你精神負擔會越來越重。」確實建庭的父母因為不明究理，反倒怪罪媳婦患有憂鬱症，拖累了兒子，連妙儀的父母親都很自責有這樣的女兒。越是這樣建庭越內疚，更對妙儀毫無招架之處，任由她宣洩情緒。

或許是寂寞，更或許是感受到父母親這樣的情緒與壓力，三歲多的女兒最近開始似懂非懂吵著要上幼兒園，妙儀偏偏捨不得，非要親力帶孩子，兩個人為這件事吵個不停。「要試著讓她轉移生活中的著力點，出去找工作，在事業上就有發揮的空間。」玉卿鼓勵建庭：「你們現在是春蠶不停的吐絲，難道真的要到死絲方盡嗎？唯一方法是要停止吐絲脫繭而出。」

和前夫做姊妹淘

建庭先向母親坦承夫妻爭執的真相，做媽媽的無條件接納了兒子的性向，心疼媳婦承擔的痛苦，主動幫忙帶孫女，要媳婦出去找工作，不要埋沒自己的才華。

建庭在曉維的體諒與母親的協助之下，漸能兼顧工作與家庭的狀況，半年過去藝術中心開幕，建庭籌劃的插畫展也順利展出，假日帶孩子作立體書的家長場場爆滿，欲罷不能還得延長展期。耀嘉特別感謝建庭當初主導的走向：「看到親子之間一起參與，真的比辦一個冷冰冰的展覽要好多了。謝謝你，建庭。」只見建庭一臉羞澀，轉過身對曉維嬌嗔地說：「周大哥實在好帥，是我的菜欸，妳小心一點。」曉維追打他：「你敢？」

妙儀為女兒設計的美術道具是這次活動的主角，參觀的親子們都很欣賞。活動最後一天妙儀才出現，高挑亮麗、英氣十足，和想像中的憂鬱女子完全不同。其實在學校時，妙儀的藝術天分就表現得比建庭傑出，妙儀和建庭並肩站一起時，活像是祝英台梁山伯反串的模樣。活動結束後，幾個人一起到玉卿的有機餐廳裡用餐，妙儀向眾人宣布說，她即將和大學的學長創辦一個美術班，教孩子繪畫，並且推動藝術治療課程，同時，她也要回大學修讀博士班。建庭也是第一次聽到她的計畫，他心情很激動，眼眶泛紅。

回家的路上妙儀忽然說想散步，建庭陪著她並肩而行，妙儀主動提出離婚，但希望暫時同居，一起照顧女兒成長：「你是知道的，大學時代好多人追我，我不應該去紐約追你，我啊就是活該，喜歡挑戰難度高的事情。」

她哭了又笑：「現在我得挑戰更難的事了，要跟自己的前夫做姊妹淘。」

你愛我嗎

「你愛我嗎？」曉維沒想到脫口而出的這句質問，竟成了她與耀嘉交往以來的重大危機。

當初曉維為了耀嘉，將咖啡館遷到城市近郊的新社區，經營複合式藝文空間，剛開幕時幾場親子繪本立體書的活動反應確實不錯，但隨著宣傳期告一段落，社區入住的住戶不多，藝文空間陷入了窘境，經常只有小貓兩三隻。但是姊姊玉卿的家常菜卻很受歡迎，加上她偶會談些命理算點命，反而成了社區居民閒聊聚會的中心，曉維真是悶壞了。

建庭個性悲觀，又開始萌生辭意：「我不要再為難曉維姊了，讓我辭職吧。」這下子曉維可動了氣：「動不動就要辭職，一切才剛開始，你這樣子什麼事都做不起來啊。」建庭忍不住說出了真相：「我偷聽到董事長在談藝文中心的事情，他們說這對賣房子根本沒有幫助，住戶希望他們招商的是一些診所、超市或是餐廳。而且我們房租免費的事情傳出去，很多廠商都要求比照辦理。曉維姊，妳要不要先賣咖啡輕食，將來再弄藝文活動？」沒想到耀嘉的父母竟然是這樣想的，曉維非常生氣：「要賣咖啡輕食，我何必搬到這個鳥不生蛋的地方？房子賣不出去竟然怪到我頭上？」

那天夜裡打烊時，曉維終於按耐不住，質問耀嘉是不是有這回事。耀嘉不置可否，只是勸曉維不要衝動，繼續好好經營，讓時間慢慢證明自己的價值。曉維從小受寵個性又倔，她怪罪耀嘉竟然不曾主動提及雙親的對她看法，兩人談得很不愉快。

曉維覺得很委屈，幽怨地問耀嘉：「你愛我嗎？」沒想到耀嘉冷冷的回答說：「妳覺得呢？妳會問，就表示妳不覺得吧？」語畢便藉故匆匆離去。

我只問我自己愛不愛妳

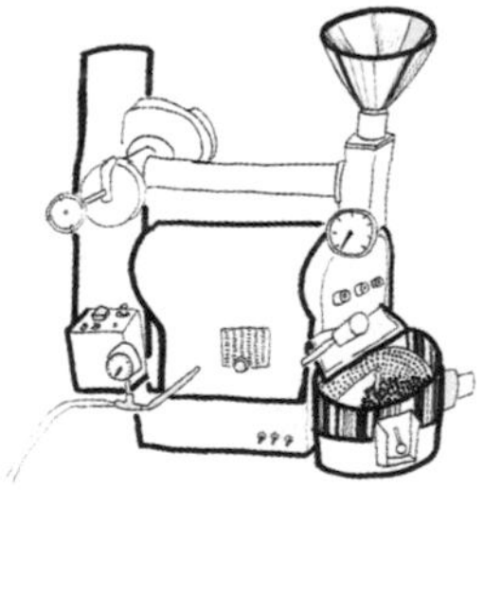

週間下午咖啡館裡總是唱起空城計。閒來無事，曉維教建庭烘焙咖啡。

先前曉維的豆子都是跟一位咖啡大師買的，她自己不懂得烘焙咖啡。搬到這裡來因為空間夠大，她便開始練習烘焙。耀嘉為她買了一部頂級的家用咖啡烘焙機，讓曉維慢慢嘗試摸索，半年磨下來略有心得，但品質還是不太穩定。

她沖了一杯剛烘焙的豆子，味道苦澀難喝，心情更加沮喪。建庭在一旁想逗逗曉維：「耀嘉哥哥很久沒來了。妳再不跟他和解，這裡對我就更沒有吸引力了。」「那你就走吧，我不留你了。」她喝下一口咖啡，皺了皺眉頭。「糟糕，妳自暴自棄成這樣，問題嚴重了。」連慰留都不慰留，這倒讓建庭擔心起來：「妳不要人在福中不知福。耀嘉哥哥對妳夠好的了。妳看，這咖啡機也是他特別買給妳的，妳自己弄不出好豆子怎麼能怪他？」

「啊，為什麼這麼苦啊？」曉維一面發洩情緒，一面回想著烘焙原則。咖啡的顏色、香氣和味道，隨著生豆的品質與烘焙過程產生一些複雜的化學變化。像是酸味，剛採收的豆子比放了一陣子的豆子酸，但若烘焙較淺，豆子酸味也會比較豐富。好喝的咖啡，有種層次複雜的甜味和苦味，因為在烘焙的過程中，蔗糖及葡萄糖等碳水化合物造成焦糖化，剩下的部分形成了甜味，也有微微的焦味，這跟愛情好像，甜味總是在酸味和苦味之後。曉維想念耀嘉。

那一晚她問耀嘉愛不愛她，耀嘉說：「妳如果真的愛一個人，不是他愛妳多少，妳才回敬多少。我只問我自己愛不愛妳。」

曉維很懊惱，她把這杯苦澀的咖啡一飲而盡，怪自己弄出這麼苦的豆子。

好好再愛一回

咖啡館和餐廳週一公休，姊姊玉卿常做些拿手好菜，找曉維耀嘉一起吃飯順便聊聊。

今晚的菜色有芋頭燒雞、瓜仔肉、和茭白筍炒肉絲，都是耀嘉喜歡吃的台式家常菜。秋天茭白筍盛產，和豬肉、黃椒、紅椒、黑木耳、紅蘿蔔切絲，加點醬油、麻油、胡椒粉拌炒，爽口又下飯，耀嘉總要一個人吃上一大盤。但今晚耀嘉還是沒來。曉維有種女性的矜持，即使心裡焦急，卻還故作淡定。

耀嘉沒來，同桌吃飯卻有另外一個男人，那是玉卿合作的蔬果中盤商羅志昌。曉維有些訝異，曉維幾乎天天見到志昌，原以為送貨來，現在看來並不單純。志昌年約五十歲，長年在鄉間農地奔波，有張黝黑的臉和結實的身材。

「這茭白筍是志昌早上從三芝拿來的，好新鮮好甜。」曉維覺得玉卿今天聲音特別的嗲，簡直就像是新鮮又嫩的茭白筍：「這三芝的農園很漂亮，下次帶妳去看看。順道去淺水灣那邊看海，聽說哪裡開了很多咖啡館，妳也可以去觀摩啊。」我才不想跟你們去當電燈泡。曉維覺得兩人看起來好礙眼。

其實曉維有點為玉卿高興，但也有點替她擔心，整理碗筷時偷偷問她：「妳不是說自己命中剋夫什麼的，絕對不要再談感情嗎？」「那個劫數已經過了。只是年紀大了，從來沒有想過還有這段緣分，他說他也沒想過。他因為務農，年輕時太太不甘寂寞跑了，他就孤家寡人一直到現在。感謝他太太不要他，我好愛他。妳不覺得，他很性感嗎？」「虧妳說得出口？」

「有愛情真好，我要好好再愛一回。」玉卿眼睛發亮，整個人容光煥發，像個二十歲的少女，曉維此刻比姊姊還像老太婆。

變成可愛的女人

二十。曉維默默數著，這是耀嘉不來咖啡館的第二十天，他不和她聯絡，她也不主動打電話。

建庭看她越來越沉默，非常擔心。向來動不動久就請辭的人，現在卻在一旁急得跳腳：「妳不會就這樣放棄周大哥吧？」曉維篤定的說，「不會。我比以前更確定我愛他。兩人天天膩在一起時，反而不覺得。但是當距離越遠，愛情卻越清楚。」曉維想先調整自己，讓自己變成更可愛的女人再說。

雖然沒有客人，但是她烘焙豆子的技術卻越來越好。她品嚐著每一次烘焙咖啡豆時所產生不同的化學變化，慢慢摸索出那種苦中帶甜的韻緻，即使再熟練，每天的味道還是有些微差異，就像是愛情。兩個人再熟悉，每天情緒起伏、和外在的因素干擾，互動的感覺還是每天不一樣。

為了耀嘉，她不能輕言放棄經營這個藝文空間。她開始反省自己為什麼經營不善。她認真觀察社區裡的每個人，多半是老人和小孩，年輕人白天都到台北上班去了。她腦海中突然閃過一個念頭，應該幫這些老人、帶孩子的少婦和孩子們做點什麼。建庭開玩笑的建議說：「那我們乾脆來做他們生活上的導遊啊，這些人的生活一定是很無聊的。」曉維說：「所以們不能只賣咖啡，而是要教大家如何品嚐一杯咖啡，一杯好茶，一本書，一部電影，一首歌，一棵樹，一朵花。如何品味生活。」

曉維登入咖啡館的臉書，印入眼簾的竟是耀嘉的留言：「我是命運咖啡館的熟客，你們已經好久沒有更新近況了，不知道妳多久才會看到這份訊息。我即將要去日本出差一個月，我會想念妳的咖啡，回來第一件事會到咖啡館報到。」

真愛不必矜持

耀嘉去日本出差一個月，他刻意將出國的訊息貼在藝文空間的粉絲頁上，想看看倔強好勝的曉維多久才會注意到這件事。結果是在二十天後，因為她在這一天想出了新的經營方法，才打起精神上了已經沒人注意的粉絲頁。

在這二十天裡，曉維像是洗了忽冷忽熱的三溫暖。一個月後耀嘉終於回到咖啡館，他對曉維說：「我爸要我去接洽一個日本設計師，他擅長社區的空間規劃。我爸覺得咖啡館和靜態展覽沒辦法幫助社區的居民，我們應該設計一些真正可以凝聚社區居民的活動。」曉維覺得羞愧，低著頭躲著耀嘉的目光。

耀嘉察覺曉維的變化：「我們還是心有靈犀啊，聽建庭說，你們正在規劃轉型？」「我們想設計一個社區的生活中心，主辦一些和生活文化相關的講座。並且踏出去和鄰近的社區交流，了解地方上的文史故事。然後再教社區的民眾架設網站、拍照、畫圖，做各種記錄，咖啡和食物是用來充電的，最重要的是，我們要和社區的居民一起生活。傾聽他們的故事。」曉維一面聊，一面沖了杯咖啡給耀嘉，他嚐了一口驚呼：「咖啡變好喝了，妳也變很多了。」

他盯著曉維，難忍激動的說：「那一天當妳質問我愛不愛你時，我真的生氣了。妳總是注意自己。妳從不關心姊姊，也不知道她談戀愛了。生意不好，也怪別人……」不等耀嘉說完話，曉維耍賴似的用手堵住了他的嘴：「不要說了。原諒我。」她緊緊抱住耀嘉主動吻著他，不再矜持。

「我知道我不可愛，可是我知道我很愛你，我再也不要和你分開。」語畢又用唇緊緊鎖住耀嘉的嘴。她此刻什麼也不想聽，除了親吻。

牡丹蝦女人

晚間六點客人陸續上門來，美智很緊張。她挺直了腰桿，放鬆原本緊繃的面頰，微笑對著每位客人九十度鞠躬。

三個月前她開始到這家高級日本料亭打工，這家餐廳標榜食材當天從日本新鮮直送，一個人消費動輒兩三千元。現在經濟不好失業率高，但店裡一點也看不出景氣蕭條，六個包廂和十個板前壽司師傅前的座位得在兩周前才訂得到。

這裡的熟客人非富即貴，經理對服務生的應對進退禮儀要求得非常嚴格，也禁止私下議論客人。跟著老闆十年的秀文姊可不吃這套：「齁，今天林董帶那個幼齒的，可以當他女兒了，年紀輕輕有夠囂張，竟敢怪我們的牡丹蝦沒有彈性，不新鮮？」經理立刻朝林董包廂走去，陪著笑臉解釋：「林董，抱歉，我們這牡丹蝦是北海道運來的富山蝦，它的口感綿密，不像加拿大的牡丹蝦那麼有彈性，但是味道清甜。您要是吃不慣，我可以招待您別的菜色。」

美智在一旁戰戰兢兢地將茶杯裡冷茶收回，換上新沏的煎茶，動作平穩優雅。「這牡丹蝦就跟女人一樣，有的吃起來很爽，有的很清新，哈哈。」林董長得粗礪高大，雙眼色眯眯地上下打量著美智：「馬經理，你這個新人做事很細心啊。」一旁的精妝美女掏出百元紙鈔幾乎是用丟的：「來，小費賞妳。妳比剛剛那個老太婆好多了。」美智面有難色，經理幫忙解圍：「小姐，我們店內禁止給服務生小費，服務好是應該的。」這女人一氣，索性將錢扔在地上：「給臉不要臉，什麼玩意兒？」這時林董蹲下慢慢地撿起了錢，趁機偷看美智的大腿，這才是那女人吃醋的原因。

後來她們背後就叫那個女人「牡丹蝦」。

美人沒有美命

美智才剛到高級日本料亭打工三個月，每天戒慎惶恐，生怕得罪了店內的達官貴人。

下班後通常經理和主廚會先離開，大夥兒可以把一些剩餘無用的食材拿來煮點晚餐，順便輕鬆聊聊。美智還是想著今晚婉拒小費的事：「秀文姊，我剛剛又做錯了什麼，經理叫我回倉庫收東西。」美智在內場熬了三個月，才開始在外場遞送茶水，美智擔心經理是對她不滿，才調她回內場繼續做雜務。

「妳不要想太多，我們經理是老江湖了。妳別看那林董人模人樣，他可是漂白過的，他愛玩女人，我想，經理是為妳好，不希望妳惹麻煩。」

秀文仔細端詳著美智，身高一米六五，白皙纖瘦五官立體，相貌清秀端莊，實在太美了：「老實說那時候妳來面試，我很訝異經理會錄取妳呢。」「為什麼？妳不喜歡我？」「因為妳太漂亮啦。」秀文豪爽的哈哈大笑：「我們老闆和經理在這行打滾了十幾年了，他們喜歡挑長得樸素、簡單、有人緣的女生，太漂亮的女人反而不安全，不是沒有耐心，就是心懷鬼胎，會藉機認識有錢人，惹事生非！」

美智急於辯解：「我可從來沒有過這種想法。」「哈，我知道啦，所以妳才被錄用啊。妳很認真，又乖巧。真不愧是朝子阿姨的女兒。」秀文說。美智的母親朝子常年在料亭老闆家幫傭，半年前一病不起，才拜託他們讓美智來餐廳打工。

秀文憐惜地摟著美智說：「以前老人家說，窮人家女兒啊，最好不要太美，長得太美，家裡的人就不安分，最後不是被推入火坑、就是送去娛樂場所，或是被迫嫁進豪門當妾。美人沒有美命啊。朝子阿姨就是這樣。早點回家，明天還要上課，記得好好唸書。漂亮是沒有用的啦。」

私奔的母親

晚間十點多，美智從打工的料亭回到家裡，虛弱的母親已經自行服藥癱在床上沉睡，喘著微弱的氣息。

美智靜靜地看著母親，她的美麗遺傳自母親，至今她蒼白的臉依舊看得出昔日的風華。鵝蛋般的小臉，挺直的鼻樑，帶著笑意的菱角嘴，長長的睫毛閉上眼時顯得格外夢幻。美人沒美命，美智想起了秀文姊的感嘆，母親為了情感，波折一生。

母親出身中部大戶人家，是外公外婆的掌上明珠，外公是日治時代留學東瀛的知識份子，所以給母親取了「朝子」這麼日本的名字。朝子被送去讀知名的新娘學校，琴棋書畫家政烹飪都是一流的師資。受到家風影響，朝子很喜歡吃日本料理，讀日本文學。朝子長大後愛上了日本料理店的壽司師傅阿正，他是個孤兒，從小家境清寒，中學畢業後跟著師傅從學徒苦熬，除了一技之長，家徒四壁。

朝子愛上阿正挺直著腰桿，一身白皙的工作服，在板前仔細捏製壽司、心無旁騖的專注模樣。

阿正對朝子的情感就像他對工作一樣專注而認真，外公外婆當然強力反對，說什麼也不願意把自己用心栽培的千金嫁給一個才中學畢業的學徒，當年可不流行什麼「達人」，餐飲業常被當做辛苦卑微的工作。於是朝子決定連夜和阿正私奔到台北，去法院公證。剛開始這對小情人過得很幸福，阿正在日本料理店工作，朝子偶爾也到店裡打工，直到懷了美智才安心在家待產，兩人滿心期待努力工作，將來可以開一家屬於自己的日本料理店。

美智起身把事先存在冰箱裡的昆布高湯和白飯弄熱，將高湯淋上白飯，佐海苔和紫蘇梅。微酸的梅香隨著蒸氣揮散，這是爸媽當年最喜歡共享的宵夜，一種簡單而幸福的味道。

父親殘留的味道

下班後大夥兒可以用剩餘的食材做晚餐吃，這一夜輪到美智大顯身手。

美智想起今天還剩了一些客人剩餘的鱈場蟹足和殼，決定給大家煮雜炊。以蟹足蟹殼做高湯，拌煮各種青菜豆腐香菇，最後混入隔夜飯熬煮，打入蛋花，灑上海苔蔥花，就是一道熱呼呼、甘甜鮮美的宵夜了。美智的獨門秘方是她會拌入特定比例的紅白味噌，讓雜炊吃起來像石狩鍋，格外香醇，這正是父親的味道。美智五歲就失去父親，父親的模樣早已模糊，但父親的味道卻不曾忘記。父親在餐館工作，常忙到深夜回家，順手帶回餐館剩餘不用的食材，變出北海道味噌蟹肉雜炊。是惜物，也是經濟。

十五年前的雨夜裡，一場突如其來的意外，毀掉美智殘存的父親的味道。那晚阿正照例在餐廳裡工作到十點多，夏夜的暴雨下得奇大無比，日式餐館外掛滿了紙燈籠，被風吹得搖搖欲墜，阿正想收拾這些燈籠，卻突然引發電線走火，一瞬間火勢燃起，他偏偏死心眼想撲滅自己惹來的大火，結果在意外中喪生。朝子一人孤身在台北，那間餐館的老闆就是現在這家料亭的主人，他收留朝子讓她在店裡工作，安頓她們母女。

朝子在短短幾年之內，從千金小姐變成頓失依靠的單親媽媽，在廚房裡一待十餘年，好不容易把美智拉拔大考上知名大學，她卻罹患了肺癌，猶如風中殘燭。美智常想，如果當年母親接受外公外婆安排好的人生，或許母親現在就像店裡那些養尊處優的貴婦們享盡榮華富貴。

父親究竟有什麼魅力足以改變母親的一生？或許就像這看似平凡的味噌雜炊，因為紅白味噌的神秘比例，改變了原來平凡的味道吧。

假名媛沒教養

晚上開店前，廚房裡最熱門的話題是剛出爐的八卦周刊，秀文姊用高分貝歡呼著：「你們看，死好，牡丹蝦被踢爆了齁，假名媛。死三八。」

根據周刊報導，前一陣子常和林董來店理的精妝美女牡丹蝦，對外號稱是中部望族千金，從小被送去歐洲讀書，最近才返回台灣，近半年來積極出席各種名流盛宴，穿戴名牌假冒名媛，最後證實她是來自因為農地變更而一夜暴富的家族，連大學都沒讀畢業。「唉，猴子再怎麼穿衣服也不會像人啦。這些女人再怎麼會裝扮，一進廁所就知道有沒有教養啦。」打掃阿姨跟著幫起腔：

「那個女生，噁心死了，每次搞得馬桶髒兮兮，也不沖掉。月經來，滴得到處都是血，也不順手擦擦。垃圾！」阿姨加重音收尾，來表達她的不屑。

美智想起那個牡丹蝦總在化妝室裡不停補妝，精細的程度猶如整形外科醫生，或許她非常焦慮不安吧。一想到那個林董，美智就頭痛，聽說他上次來一直追問美智的背景，還好美智休假。一知道今晚林董有訂位，馬經理立刻安排美智在廚房內場幫忙，怕林董看上美智。秀文姊出面接待林董後，溜回廚房報訊：「果然，林董今天沒帶那個女人，難得一個人來坐在吧台發呆。他剛剛又問起妳了，哎呦，他實在很奇怪，把我們這裡當酒家喔。」

美智也有種奇怪的直覺，林董看她的眼神實在很銳利。沒多久她聽見門外爭執的聲音漸漸靠近，林董吼著：「誰敢攔我？你們以為我要做什麼？我再怎麼會玩，也還沒那麼垃圾啦。我有我的代誌要處理。」聲音剛到，人也進了廚房，林董一個箭步抓住美智：「我問妳，妳媽媽叫做什麼名字？」

期待成為美智子皇后

林董不顧阻攔地衝進廚房找上美智，他魯莽地舉動在這間沉靜的高級料亭裡引起了極大的騷動。

馬經理本能的護著美智：「林董事長，你再鬧，我要報警了。」林董性子暴躁，作勢要推，美智只好趕快回答說：「我母親叫做林朝子，請問有什麼事嗎？」林董靜下來，瞪大了雙眼直直望著美智，美智這才看清楚了林董的臉，竟然有幾分熟悉。「妳媽媽現在人在哪裡？帶我去見她。」「你想做什麼？朝子阿姨又關你什麼事？」馬經理推開林董，林董回吼：「你懂什麼？我是美智的舅舅。」眾人聽到真相，全部愣住。

秀文想起朝子阿姨一個人咬緊牙帶大孩子都沒回去找娘家，一定有她的苦衷：「你說你是舅舅就是舅舅啊，你有什麼證據？我們不會讓你隨便欺負孤兒寡母的。」「我那天看到她，嚇了一跳，她長得和朝子一模一樣。」林董從皮夾裡掏出一張家族合照，照片裡貌美的妙齡女子和美智像是一個模子印出來的，林董指著身邊的男生說：「這是我。」

美智自小與母親相依為命，舉目無親，看見這張照片，那些陌生的人，眉宇間卻如此相似。林董的語氣變得非常溫柔平和：「這是妳的阿祖、阿公、阿嬤、叔公。我來台北來做生意一直都沒有找到她，連妳阿公阿嬤過身她也不回家。我們兄妹感情原本是很好的。真不知道妳媽媽為什麼跟著妳爸走？妳老爸有什麼路用？讓自己的的女兒淪落到這裡來？」

「那天晚上我聽店裡的人叫妳美智，我就有預感。妳媽媽少年時，大家都說她長得很像日本的美智子皇后，妳媽一定也是期待你當公主啊。」說完這些，他突然老淚縱橫起來。

五味雜陳菜尾湯

美智在打工的餐廳與素未謀面的舅舅彥豪相遇，心情很是複雜。她徵詢病中虛弱的母親，母親約了舅舅擇日再訪。這天朝子強打起精神為哥哥準備午餐。美智以為母親會做點拿手好菜，但朝子卻要她到燒臘店切點燒鴨燒雞、買魚翅、鵪鶉蛋、蝦仁、魚丸，還要罐頭鮑魚、嫩筍和一些青菜。朝子先把嫩筍、紅蘿蔔、黑木耳切絲，接著竟將很不搭調的魚翅羹、魚丸、燒雞燒鴨、鮑魚、蝦仁全混在一鍋，把切絲的新鮮蔬菜都放進去。美智企圖阻止：「媽，妳在做什麼？妳累的話，我可以幫忙，妳幹嘛把所有的東西都攪在一起。」朝子笑了：「這叫菜尾，很好吃。」

高頭大馬的大哥彥豪到了，端個小啤酒肚頗有董事長派頭，但年輕時候的清秀氣質盡失，二十年不見的小妹朝子則是瘦骨如柴。朝子和美智的住處很小，彥豪一坐下，屋子便侷促得沒有伸縮空間。兩人再見，千言萬語不知從何說起。「哥，來，吃菜尾。」朝子端了大碗菜尾湯和白飯，彥豪會心一笑眼眶一紅，大口喝著湯掩飾眼角的淚水。早年中南部辦桌，流水席散人人都會揀走菜尾，隔日燴煮成一鍋雜菜，各種滋味混雜，是種惜物惜情的味道。大戶人家出身的兩個傻瓜兄妹常把一桌子菜故意供著不吃，等著隔天大鍋煮成菜尾。

眼眶中全是淚的彥豪，還是忍不住發難了：「阿正都死了，為什麼不回來？妳一個人吃苦，連孩子也一起苦，妳這樣做不是很自私嗎？」朝子悠悠地回答：「這裡是我和阿正唯一存在的證據。我跟著他走時就沒想過要回頭了。」

空氣中飄散著菜尾湯的味道，五味雜陳，漸漸融合成一股發酵過的甘甜香氣，餘韻猶存久久不散。

母親
蒼白的紫蘇飯糰

母親朝子和舅舅彥豪相遇後，仍然婉拒哥哥的資助，只答應今後保持聯繫。

朝子經歷幾次化學治療，在家休養，雖然體力衰弱，但生活尚能自理。美智得以照樣上課、打工，生活恢復平靜。舅舅彥豪就不再去料亭用餐，免得美智尷尬，偶而，他會到朝子家坐坐，彌補兄妹倆許久沒有聯繫的生活。

一天午後，彥豪路過附近執意要來陪她吃頓中飯。朝子便用冰箱裡剩下的雞丁和鮭魚、將雞肉拌炒、鮭魚烤熟，隨意捏製雞肉、鮭魚和紫蘇飯糰，配點蔬菜豚骨湯就是簡單清爽的一餐了。彥豪大手握著飯糰，一口吃掉一顆，直呼清爽：「小學的時候，卡桑給我們帶飯糰，她做的飯糰就是一坨米飯包一顆紫蘇梅誒？」但彥豪似乎很留戀那段歲月：「卡桑很不會做菜。她當慣千金小姐了。後來搬回老家，請了阿姨，我們才有飯吃。」

朝子的父母親是富二代，留學東瀛滿腹詩書，卻不懂生活也不擅理財，婚後決定回到老家，與祖父、叔公等大家族同住。家族長輩甚多，叔伯姑嬸全是厲害角色，朝子從小就正襟危坐，生活緊張。當年，阿正的愛情固然是驅動力，但她一心想掙脫那令人窒息的大家族才是出走的主因。她就是不信自己無法獨立，再辛苦也比父母親在大家族裡仰人鼻息的感覺要好。她就是欣賞阿正一個人勇敢過日子的堅定。

此刻她想起母親的紫蘇梅飯糰。她是美麗優雅、養尊處優、卻什麼也不會的千金小姐，只能做出那種無味而蒼白的食物。她想起母親的無奈，突然哭了起來：「哥，我不是不顧家裡舊情，我曾經寫過幾封信回家，但都石沉大海。以爸媽在老家的狀況，大概也不能做主，讓我帶美智回老家的。」

食物裡腥臭的恨意

彥豪聽到朝子說，她曾經在先生阿正過世後寫信回家求援，卻毫無回音時，十分震怒，差點把桌子都掀了：「幹恁娘！一定是大伯搞的鬼，我們根本不知道妳有寫信回家。」

彥豪這才娓娓道來許多朝子離開後不知情的家族恩怨：「妳離家出走的時候，我們沒有人想找妳回來，至少阿正是個有骨氣的好人，多桑他們甚至還鬆了口氣。因為那時候大伯一直想做主把妳許配給有錢人家，想擴大自己的政商關係。」朝子離開後不久，祖父便過世了，大伯二伯侵佔大多數土地家產，只給父親留下一棟房子可以住，和有限的現金。

「其實我和妳一樣，也選擇逃離老家，我是來台北闖天下的。」彥豪秀出手臂上和背上的刀傷：「我告訴自己一定要比爸爸狠！我承認我有跟黑道交陪。我在市場做生意，誰敢擋我的路我就讓他好看，我就是要賺錢回老家給讓大伯他們好看。現在我是連鎖超市和進口商店的老闆了，我擁有的全是靠自己賺來的錢，我再也不怕人家欺負我們了。所以，我也不要妳繼續受委屈。」彥豪激動地大聲哭出來，他應該好久沒有這樣哭了。虛弱的朝子平靜地看著哥哥，眼前胖嘟嘟市儈氣很重的商人，依舊是她俊俏風雅的哥哥，喜歡日本清純偶像，喜歡看日本電影。彥豪拭了拭淚水，突然說：「妳知道嗎？我反而很懷念媽媽的紫蘇梅飯糰，再怎麼不好吃，那也是我們一家人共同的記憶。我寧可吃菜尾，也不要吃雞鴨魚肉。」

他嘴角出浮現明顯嫌惡的表情說：「妳記得嬸嬸很喜歡在大桌上煮螺肉蒜湯？我恨死了那種腥臭的味道，到現在一聞到還會想嘔吐，我對於那些食物有腥臭的恨意！」

不曾別離的紫蘇香魚

入秋是香魚的季節，天氣仍燠熱難耐，美智就像被制約的小動物，味蕾啟動了和香魚的關聯性，週末下午她決定動手做紫蘇香魚。

她取出六條帶卵的香魚，用薄鹽醬油、白醋、老酒、糖和紫蘇梅燉煮五個小時，燉到魚骨可入口即化。美智用的是父親阿正的食譜筆記：香魚不炸直接熬煮，只用醬油不用鹽，和醬汁冰鎮時，父親喜歡再用新鮮的紫蘇葉為基底，將香魚一層一層疊在一起悶漬。心浮氣躁的時候，用紫蘇香魚佐白飯，加上一碗熱熱的味增湯，就是美智療慰心靈的配方。這道菜讓媽媽朝子也胃口大開，難得吃掉整碗飯。心情一好，朝子就會反覆聊著她和父親的故事。

照片簿裡有一張父親身穿白色制服，英挺的站在料亭板前拍攝的照片。那時他們規劃再辛苦工作十年，將來就要自己開店。阿正是學徒出身，沒有錢到日本學藝，他學的多是台灣師傅教他的日本料理，但是他卻靠自學日文，買日文料理書研究道地日本菜色。父親雖然過世了，但留下厚厚的筆記本，朝子用味覺延續美智對父親的記憶。從小朝子就教導美智做菜，母女倆吃得簡單，總是一道菜、一碗飯、一碗湯。美智一懂事就負責煮飯做湯，媽媽做主菜，然後一邊念著父親的叮嚀：「這醬油、酒、醋、糖要用三比一的比例。紫蘇葉的味道比紫蘇梅好。吃魚要對時，入秋後是要吃帶卵的香魚，天然的、小一點的香魚比較好吃。」

原來父親從來不曾離開過這個家，他用味覺延續了自己的生命。難怪母親不肯搬家更不肯更換廚房的木製餐桌和碗盤，她照樣活在舊日時光裡。美智握著父親手寫的食譜，她想要開一家日本餐館，完成父母親的夢想。

雄魚的精囊

一轉眼美智已在日本高級料亭工作半年多，馬經理也讓她到外場服務，外場服務生必須解說每一道菜的細節。美智就讀一流大學外文系，主修英文、副修日文，同學們多半兼職擔任翻譯或家教，她會一直留在這裡工作，是因為衷心喜歡日本料理。美智過世的父親阿正曾經是這裡第二代的壽司師傅，這手藝一脈相傳，第三代主廚阿昌師已坐鎮十五年，這些情感因素都留住了美智。

天氣變冷了，阿昌師傅將蓋物改為白子海鮮蒸蛋，所謂白子便是雄魚的精囊，美智常常順便練習每道菜的日文和英文怎麼說，來加強自己的語言能力，這晚真的派上用場了。來了一對年輕男女，開口閉口全是英文，弄得馬經理很尷尬，只好向美智求救。料亭消費極高，又採預約制，是一般年輕人不會來的地方，會來的年輕人多半都是有錢人家孩子。美智打從心理並不喜歡這一類客人，滿口英語口氣特別誇張，大多是從小出國逢年過節才回來度假的人。那男子不到三十歲，西裝筆挺一派自信。女孩較小，黑髮披肩、眉目細長，刻意的眼妝，很符合西方對東方女性的成見。

美智緩緩用英語解說菜色，男子不斷盤問她關於菜色的細節。她解釋白子海鮮蒸蛋時，說明蒸蛋上方白色柔軟的食材是雄鱈魚的精囊，一旁女伴誇張地叫著大呼噁心，要她端出去，男子卻不動聲色，看好戲似的觀望美智如何處理。美智絲毫不以為意、依舊不疾不徐地說，白子擁有豐富蛋白質和維他命，可以養顏美容，對男性也很有幫助，是日本人冬天滋補的方法。

男人突然改口用中文，語帶曖昧地問美智：「妳也是這樣維持妳的美麗嗎？」

妳是我的雪中梅

因為英文流利，美智被分配去接待一組來自國外的年輕男女。女客人不喜歡白子海鮮蒸蛋，吵著要美智端出去，男子則用輕薄的語言挑逗著美智。這男子顯然會講中文，卻刻意要求店裡以英文接待，讓美智感到很不是滋味。

她向秀文姊打聽那對男女有什麼來頭，因為料亭很少接待這類的陌生的客人。但是連秀文姊也不太清楚：「是建設公司的周董打電話來預約的，也許是他親戚的小孩吧，他們這種有錢人，常常有很多老婆，也有不同的孩子，我實在也搞不清楚，哈哈。」秀文用崇拜的眼神看著美智說：「倒是妳啊，真是厲害，英文好，日文也好，看來朝子阿姨不用擔心了。」

事隔兩天那男子又來了，這次可是一個人訂了包廂。馬經理只好再派美智出馬，人家總是客人，沒理由怠慢，美智無奈接待。男子點了別的菜色，美智只得耐著性子繼續逐一解說。今天的湯品精緻清雅，高湯中灑入白色的蓮藕泥，猶如漫天飛雪，湯裡含炸過的雕魚塊，擺入梅花狀的紅蘿蔔，頗有雪中梅的意境，伴隨著淡淡的秋柚香氣。美智在描述這個意境時，男子突然情不自禁地又講了中文：「妳就像雪中的梅花。」

美智終於克制不住了，臉色微慍：「您既然懂中文，為什麼還要我用英文解說呢？」男子確實有像外國人講中文的腔調：「我的中文不好，說多了就不行，還是需要妳來翻譯。我叫周安平。妳可以叫我Augus。從小在美國長大，很高興認識妳。可以知道妳的名字嗎？」

Augus是愛神的名字。於是美智笑了起來，暫時收起了她的偏見和成見：「我叫美智。店裡的人都叫我Michiko。」

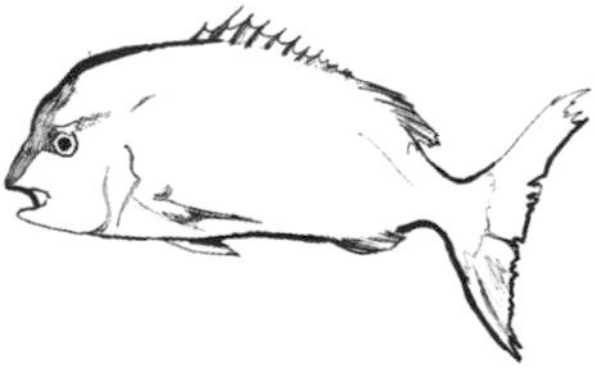

小三的特約餐

周安平後來經常到料亭應酬，秀文姊很快地掌握了他的身世背景，他果真的是周董的兒子。

原來周董常常帶來料亭吃飯的「周太」和一對小兒女，才是小三和小三庶出的孩子。周董和元配感情素來不睦，周安平從小就跟著母親到美國讀書生活，成了「內在美」的周董，索性在台灣建立另外一個家庭。元配為了兒子和家產，堅持不肯離婚。周安平剛剛取得常春藤名校的管理碩士，母親便帶著他回到台灣，準備展開奪產大戰。

「妳可別看那個假洋鬼子成天嘻嘻哈哈的，他一回來就要求總經理的位置，把公司的帳摸得清清楚楚。可憐那個周太，沒名沒份的，孩子又這麼小，該怎麼辦？」秀文姊竟然為小三抱不平：「元配明明和周董沒感情，就是不肯放手。擺明了是要錢！」美智想起那個周太，態度溫婉謙和，一家四口每次來吃飯總是和樂融融。「最近周董都不來吃飯囉。倒是那假洋鬼子三天兩頭跑來，不會是對妳有興趣吧？」秀文姊永遠都是站在八卦最前線。

今晚周安平突然問美智說：「周董來這裡都吃些什麼？」美智有點尷尬，按理說她是不該回答另一個客人的偏好。安平乾脆直接了當的解釋說：「我是在查帳的時候，發現我爸常來這裡吃飯。帳單上總是一筆價錢，看不出是什麼品項。我只是很好奇。」美智隨口說了幾道周董喜歡的菜，但她沒說出口的是，那一筆帳是周董常點的家庭親子組合。因為料亭的消費高且常有生食，對小孩來說，價格不但貴，口味也並不合適。

所以主廚特別設計了一種親子組合，方便特父母親帶著孩子用餐，在套餐裡增加為孩子設計的熟食，那可是一家人共享的特約餐點。

天使的珍珠

料亭下班時同事們都有約先走了，沒有人留下來吃晚飯，只剩美智一個人。她特別喜歡這樣獨處的時光。

靜靜地在廚房裡練習著父親的食譜，想像著他以前在這兒工作的景象。今晚她想給自己煮一道「明太子天使細麵」，一般正統料亭不會有這類和洋混合的菜色和食材，早在十幾年前父親就熱衷嘗試結合西洋料理和日本料理。天使細麵是種較細的義大利麵，因為含水量少，蒸煮時間短，麵體彈牙很適合搭配清淡的醬汁。美智把金針菇、黃椒、紅椒切成細絲，拌橄欖油與細麵清炒，最後混進微辣的明太子，灑上海苔絲，美味爽口。美智快手炒了一平底鍋的麵，突然有人敲後門，從小窗望出去，竟是周安平。

「沒想到你們這麼早打烊，妳同事說妳還在這裡，我有這個榮幸，請妳和我共度晚餐嗎？」他操著滿口英文，美智看著自己剛炒的麵份量有點多，一時興起說：「你講中文，我就免費請你吃我親手炒的麵。」周安平立刻改成怪裡怪氣的中文說：「希望美智小姐可以請我吃親自炒的麵。」周安平真的餓了，不管盤中是什麼，大口就吞掉一整盤。美智想制止他狼吞虎嚥，周安平大笑說：「誠實地說，我很討厭你們這家店，吃頓東西慢吞吞又很囉唆，我第一次來聽到妳解說那些菜色時，我心裡想，這個美女是地球人嗎？」

美智給安平再盛了一盤麵。她在白色天使細麵上灑上鮭魚卵，晶瑩剔透的橘色魚卵，看起來像一粒粒珍珠：「我爸說這道菜叫做天使的珍珠。像不像長髮女孩頭上帶著珍珠髮飾？」安平忽然若有所思：「其實我從來沒有好好吃頓飯，妳的父親是個詩人嗎？」

不改嫁和不離婚的女人

「妳爸爸教妳做菜？」美智與安平無意間共度晚餐，嚐到美智親手做的明太子天使細麵，兩人聊起了彼此的家庭。

「我父親很早就過世了，但是他留下食譜給我的母親，我的母親再教給我，所以也算是父親教我做的菜。我父親用他拿手的味道聯繫這個家庭。」安平說話語調誇張，有時聽不出他真正的情緒：「哈哈，我和妳相反。我爸爸活得好好的，但他卻從來沒有出現在我的生活裡面。」美智覺得安平表面一派自信，但內心卻很脆弱寂寞：「後來你媽媽改嫁了嗎？」「我媽很癡情的。」美智把母親堅持留在餐館裡工作，要和父親住在同一個屋子，煮著父親喜歡的菜，不曾離開父親的事情娓娓道來。安平悠悠地說：「妳爸過世了，妳媽卻還深深愛著他。我媽一直不肯跟我爸離婚，但是她在美國，不知道跟過多少男人？我常常回家，面對一個陌生的男人，還得跟他和平相處。」他低聲罵了句髒話。

美智隨口問了一句：「你喜歡吃什麼？有機會我做給你吃？」安平想了好久：「我在美國都是亂吃亂喝，我不像那些有錢人喜歡上好館子。我媽也從不做菜的。」他放慢速度，繼續吃起細麵來：「這麵有點像台灣的麵線啊？」「如果再煮軟一點就更像了。」沒想到「假洋鬼子」竟然吃過台灣麵線：「剛到美國的時候，我阿嬤有陪我們去，我小時候是阿嬤帶大的，她好像都只煮台灣菜。我生日的時候，阿嬤會煮豬腳麵線給我吃。我很喜歡吃麵線。因為不用嚼，可以用吸的。」

他突然頑皮地吸著麵：「像這樣，咻咻咻。阿嬤就會一直笑一直笑。」

兩人都笑了，那可是安平孤單童年裡少數溫暖的記憶。

無法理解的美味

周安平在料亭打烊後還跑到料亭來找美智的事傳開了，馬經理非常不高興，他堅持服務生不得和客人私下往來。這家高級料亭是老字號，向來端莊持重謹守本分，裡面的工作人員都很資深，與顧客關係皆熟絡。若不是因為朝子阿姨生病，他原本不想找美智這樣年輕的美女來當服務生。

周安平又來了，他明明不喜歡生魚片和日本料理。所以每次用餐剩下一大堆菜，弄得主廚也感覺廚藝被羞辱。「你請主廚把這個魚烤熟給我吃。」安平指的正是剛送來的寒鰤，連美智都看不下去：「這是能登半島冰見漁港送來

的野生鰤魚，非常難得，要師傅幫你烤熟是很失禮的事情。」「這種魚是迴游的魚，在日本，每年春夏的時候游到北海道，等到水溫下降時再游回九州南部海域。冬天長大了的鰤魚，被稱作寒鰤，油脂均勻，口感鮮嫩，是上等的魚肉，你嚐嚐看啊。」安平勉強把魚沾滿醬油塞進嘴裡，然後故意搞笑說：「好冷，好冷，又冷又澀。」美智被安平逗得忍不住笑出來，兩人的談笑聲傳出房門。

馬經理突然破門而入：「美智，請妳回廚房去送菜。」美智驚覺自己失態，收起笑容，惶恐地站起要走。安平感覺到馬經理的敵意，一股優越感作祟，偏想來個英雄救美，他拉住美智刻意用英文說：「她正在向我解說這些菜，她做得非常好，請你不要隨意打斷！」馬經理厭惡安平每次來料亭就刻意講英文，藉機接近美智，竟也動了氣對著客人大吼起來：「周先生，我知道你聽得懂中文，請你不要再這樣。我們開餐廳有我們的原則。請不要騷擾我們的服務生！」

兩人怒目對峙，劍拔弩張。

溫柔似女人的酒

馬經理看不慣周安平總是滿口英文藉機接近美智，更不滿意美智在店內與客人談笑逾越分寸，終於和周安平發生了衝突。

美智跟著臉色鐵青的馬經理走進廚房，馬經理請秀文姊出去接待客人，要求美智留下來：「乾脆現在跟妳說清楚，我希望妳離開這裡！先前是看在朝子阿姨的面子才讓妳來工作。但是妳並不符合我們的要求。況且，妳英文和日文都這麼好，不需要在這裡拋頭露面招待客人。」美智知道自己錯了，但是馬經理的處罰比她預期的苛刻：「經理，我知道錯了。請你讓我留下來，我願意回廚房工作，我今後不會再去跟客人聊天，請你原諒我。」她說著說著，淚水忍不住滑落：「你明明知道我留在這裡，是因為我的父親和母親都在這裡工作，我對這裡有很深很深的情感，我想留在父親的餐廳裡好好學習。」

四下沉靜，空氣似乎凝結了。今晚料亭原本預約的客人不多，主廚阿昌師傅坐在一旁，向來寡言的他開口了：「小馬，何必對她這麼不客氣？你明明知道她很懂事，客人都很喜歡她，就算多聊幾句，也沒什麼關係。這樣好了，這一陣子讓美智回廚房幫忙，就當成是留校察看吧？」接著他拿出了一瓶酒：「今天沒什麼客人了，來吧，我請你喝一杯好酒，真正的好酒。」那是日本久保田萬壽純米大吟釀，清香微甜甘醇，不似一般清酒那麼辛辣，幾乎嚐不出酒氣，還帶點淡淡的蘋果香，像女人的清雅秀麗，溫柔似水。

馬經理稍微平復情緒，接過酒淺嚐一口：「像水一般柔順，但餘韻十足。」阿昌師傅若有所思：「對！像喝水一樣的舒服，等你會過意來，已經醉了。」

裝老的男人

美智差點被馬經理掃地出門，秀文姊事後知道非常不高興：「要是我在場，我一定要修理他，還好阿昌師傅幫妳講話。簡直是神經病，這麼點小事就要叫妳辭職？擺什麼派頭嘛？」

美智對馬經理一無所知，她猜測馬經理大概是四十幾歲老成穩重的中年人，才會被老闆賦予重任。她忍不住問秀文姊：「馬經理見過我爸爸嗎？」秀文一聽差點笑出來眼淚來：「他怎麼可能看過妳爸？妳爸都過世十五年了，他才三十出頭耶。」「啊……」美智很吃驚：「那他的資歷比秀文姊還淺？」秀文答：「我們這店裡啊，最菜的就是妳這個美女，妳沒出現前，最年輕的就是那個臭臉人！」在美智印象裡，瘦高的馬經理永遠身穿著全套燙得挺直的西裝，帶著深色黑框眼鏡，不苟言笑，只有對客人禮貌的微笑，這樣的人竟然才三十出頭？

馬經理年輕時是個小混混，高職混畢業後卻沒有一技之長工作不順利，成天打架鬧事，三天兩頭換頭家。後來透過親戚介紹來到料亭工作，阿昌師傅收他當助手，想教他幾手廚藝，結果他拿菜刀和人拚鬥。有一天，店裡掉了一瓶名貴的酒，怎麼找都找不到，大家都懷疑是有內賊偷走。只有小馬堅持是進貨數字不對，還把數日前進貨的細節滴水不漏的全都背了出來。老闆突然發現他的記憶力超強，店裡每天食材進貨補貨、客人喜歡吃的菜全像電腦一樣記進腦袋。他很快就被升上了經理。

「他是怕被別人笑他嫩，年紀輕輕地就老著放了。」秀文對美智分析說：「其實他是自卑吧。年輕時沒有好好唸書，妳給他很大的壓力。他那個臭臉啊，遇到越喜歡的女生臉越臭！」

酸酸甜甜的戀愛滋味

料亭的工作人員多半都已成家，下班後就趕著回家，小廚房裡常常只有單身的秀文姊、二廚、助手和美智會留下來弄點東西當晚餐吃。

今天他們都有約，剩下美智一個人，可怕的馬經理出現了。「馬經理，你還沒走？」美智很害怕，說話聲音都在發抖。「可惜晚了一步，我剛剛才到附近朋友那裡，帶了點心要請大家吃。」他眼神閃爍，避開美智的目光，拿出一個和他很不相稱的美麗甜點盒：「檸檬塔，很好吃的。」美智很喜歡甜點，竟忍不住誘惑，馬上朝甜點盒裡拿了一個。

那是一個夢幻般的檸檬塔，如咖啡杯口般大小，一層薄薄的透明糖漿下，飽滿而明亮的檸檬卡士達內餡，濃濃的香氣，伴隨著極度的酸味。塔的底層是千層派口感的塔皮，酥脆不硬層次分明。檸檬的酸味和濃郁的奶油甜味混合在一起清爽可口。美智毫不猶豫吃掉一個，完全忘記先前的不愉快，笑得像個小女孩：「好好吃，好酸喔。你自己不吃嗎？」

馬經理嘖嘖稱奇地搖頭。「檸檬塔就是這樣酸才香醇啊！很多甜點為了討好大家，只放點檸檬皮或檸檬汁，達不到這種酸度不過癮！」美智的胃口難得被挑起，這檸檬塔甜而不膩，忍不住連吃兩個。「不過，妳還沒吃飯，不要一下子吃太多。這盒檸檬塔全送給妳。」其實這是他準備的賠罪禮。他難得收斂銳氣，溫柔地對美智說話。他注意到美智像個小貓似的舔了舔手上沾到的糖漿，其實她只不過是個二十出頭的小女孩，比起其他在大學裡盡情玩樂的年輕人來說，他對美智實在過於苛刻。

他像嚐到檸檬酸酸甜甜的滋味，面紅耳赤，猛嚥口水，說不出話來。

獻上熱騰騰的愛

為了不讓美智為難，周安平答應美智不再到料亭用餐，但他也有蠻橫和死纏爛打的的一面：「那天晚上我們聊天的時候，妳說妳可以做菜給我吃。」一下週一料亭公休，母親受邀到舅舅家拜訪，可以藉機邀安平到家裡吃晚飯。安平直率誠懇，他自小寂寞的童年與美智有些相近，美智不忍拒他於千里之外。美智知道安平不習慣台灣或日本料理，她決定用心愛的紅色法國鑄鐵鍋來做一道紅酒燉牛肉。

前一晚她便先將牛腱肉、洋蔥、紅蘿蔔和西芹菜切塊，再用百里香、洋香菜、月桂葉與紅酒醃過夜。隔天早上她先把牛肉沾裹一層薄薄的麵粉四面煎過，再拌炒所有的蔬菜，接著將所有的材料加入紅酒、胡椒粉與適量的鹽放進鑄鐵鍋裡煮滾，再以小火慢慢熬煮。當她在廚房細細地攪拌著湯鍋，聞著一點點滲透出來的香味，靜靜地等安平來訪，突然有種幸福的感覺。這是因為做菜給自己喜歡的人吃嗎？母親以前也是用這樣的心情等待著父親回家嗎？

安平一進門，見到美智穿著白色圍裙，拿著紅色的小鍋鏟緩緩攪拌鍋子，他傻了眼。從小吃美式速食和微波食品，媽媽從不進廚房。他不曾看過一個女人如此溫柔細膩地做菜。美智嚐了一口燉牛肉，滿意的笑了：「等飯煮好，加上一點沙拉就可以吃飯了！」這美麗紅色法國鑄鐵小鍋外型像一個愛心，燉菜之後可以直接端上桌。美智小心翼翼地端出鐵鍋，鍋裡的紅酒燉牛肉還在啵啵啵的鼓噪著，一波一波隆起的白色氣泡，就像魚兒游來游去張著小嘴。周安平緊盯著美智，心跳加快，渾身發汗，彷彿快喘不過氣來。

他忍不住站起來，脫口告白：「我，愛妳！」

愛情的火候

「我，愛妳！」安平終於克制不住自己的愛意藉機對美智告白。

「煮的菜？」美智四兩撥千斤，假裝是安平講中文結巴：「我知道，你吃過一定會愛上這個味道。」安平不放棄地說：「看妳煮菜的樣子，就會愛上妳。和妳煮的菜！」紅酒燉牛肉味道溫醇濃郁，牛肉入口即化，湯汁拌著白飯，米粒吸飽了湯汁，尤其香甜可口。「從來沒有人為我做過菜，我媽從不進廚房。」安平一口氣吞了兩碗飯。美智說：「不准再吃飯了！法式紅酒燉牛肉要搭配法式可麗餅，我教你做，很簡單！」

美智事先已將過篩的低筋麵粉加上牛奶、雞蛋、與砂糖製成了麵糊，放在冰箱靜置。美智將麵糊倒入平底鍋，輕輕的滑動鍋子，美智邊做邊教安平：「直到麵糊均勻覆蓋在鍋面，以中火煎成薄薄的餅皮就好，重點是在於做麵糊的每種材料的比例，和煎餅的火候。餡料就隨個人喜好，甜鹹均可，豐簡更由人。」她把平底鍋交給安平：「這很好玩，你可以試試看。別怕！」安平手忙腳亂的接下了鍋子，看美智做似乎很簡單，卻因為安平的動作粗魯，餅皮沒有均勻覆蓋，所以受熱不均，有處麵糊便燒焦了。他再試一次，因為怕燒焦了，又急忙起鍋，結果麵糊還溼溼的。

美智只好接手，不疾不徐、自信篤定地煎出一片帶著金黃色光澤、柔軟的麵皮，接著將草莓切片，加上香草冰淇淋就完成了：「煎餅其實很簡單，關鍵在於火候。急於起鍋，麵皮太溼潤，會有蛋腥味，不爽口。但煎久了，再好吃的食材也會變質。」

她充滿笑意望著他。安平似乎懂了她的暗示，就像愛情的互動，把多餘的甜言蜜語吞進肚子裡，慢慢走下去，重點是火侯！

女人的獵物

「阿昌師，還要上菜嗎？」今晚的料亭有些騷動，秀文姊緊張兮兮地，不斷回廚房報告包廂動態。

原來周董和大老婆單獨來到料亭，看來像是要談判，兩人面色凝重，秀文姊很怕會有衝突。對料理長來說，遇到這種食不知味的客人，實在是很痛苦的事，周董以前常帶著一家四口來這裡用餐，主廚很瞭解他的偏好，但現在卻不知如何下手。日本料理的食物講究鮮美，立刻吃，但這兩人不動筷子，菜就沒辦繼續上。於是馬經理決定到包廂招呼，藉機觀察真正的「周太太」。周太太比想像中美，貌似三十幾歲少婦，皮膚毫無瑕疵，身材保養得宜，烏黑長髮配上一雙精明的眼睛。

「周董今晚要來點酒吧。瀨祭如何？」馬經理彎下腰，周太太接口說：「我喝過這種酒，又叫二割三分。這家日本酒廠在獺越，河獺會將捕獲的魚貝全部排列在岸上，像在慶祝節目一樣。我此刻便是這這種心情！那就喝瀨祭吧！慶祝一下！」馬經理想起一個日本的民間傳說，常會有水獺化裝成女性，穿上和服用傘矇住臉吸引男人，當男人發現牠們猙獰的真面目時，趁他們震驚之隙吞掉男人。「你叫師傅不要送生的東西來，我討厭吃生冷的東西。把這些玩意兒全收走！」周太太打斷他的思維。

周董面容哀戚異常沉默。這道前菜是師傅用精緻刀工製成的軟絲麵，原本鮮甜的美味，放久了已漸冒出腥味，馬經理感覺他們在糟踏食物。他怒氣沖沖地走進廚房：「她說不要魚生。全部都要煮熟。」馬經理難得議論客人，故意對著美智說：「什麼人養出什麼樣的兒子，她和他的兒子一模一樣，驕傲、跋扈、無禮。真想趕她出去！」

餐桌如戰場

同桌共餐，有時充滿愛情，有時卻是戰場。此刻，周董和周太太正在這戰場上，但實力懸殊，周太太立於不敗之地，而周董卻是面臨一場必敗之役。

周太太本名林月容，自小養尊處優，下嫁給父親的得力助手周武雄。周武雄靠著娘家第一桶金，炒作土地買賣房地產，逐漸累積數億身家。月容個性驕縱強勢，仗著娘家勢力對武雄頤指氣使，夫妻吵架不斷。十五年前，在娘家姊妹們的慫恿下，說要給孩子比較好的教育，要趕快取得美國籍，周太太帶著小安平遠赴美國，兩人除了金錢往來之外，再也無互動。

「我聽安平說，妳常帶著那個賤女人和兩個野種來這裡吃飯。我遠在美國，只能睜一隻眼、閉一隻眼，讓妳過逍遙日子。現在安平長大了，我來要回他應有的一切！」周董壓抑著被語言暴力羞辱的怒火說：「安琪和安均都是安平的親弟妹。他們還小，我不能不為他們的未來著想。」「安平在美國十五年，就像個沒爸爸的孩子。那，他算什麼？」「月容，是妳先離家出走，又不許我探望安平，也不讓安平回家！」「回到你跟那個賤女人和那兩個野種的家嗎？要離婚就拿全部家產來換，有本事你自己再賺回來。」

就在炮火隆隆時，秀文端來師傅特製的鱈場蟹炊飯。先取出大量鱈場蟹肉鹽烤，再以鱈場蟹高湯炊飯，將蟹肉鋪滿米飯上。清爽不油膩，也不會弄髒手，或許可降低火藥味。月容見到菜色竟然沉默了，十幾年前她與武雄初相識，武雄向來喜歡日本料理，但她不喜歡魚生也懶得動手碰蝦蟹，他就建議她吃蓋飯，還會親手撥蝦殼、挑蟹肉給她吃。

餐桌上曾經充滿愛意，卻是如此遙遠時光。

我想要的不是錢，是父愛

周武雄和元配林月容在料亭裡談判，一場晚飯下來兩人食不下嚥，師傅體諒周董尷尬，改變菜單，先上鱈場蟹炊飯，讓兩人簡單充饑。

月容嚐過炊飯後逐漸察覺到自己的饑餓，胃口大開：「這飯確實很好吃，好像以前你帶我吃過。」「沒錯。妳吃過，這家料亭以前在我們舊家附近，換了地方也換了主廚。但有些菜色還是一樣。不過那是很久以前了。」

一句「很久以前」，道盡夫妻倆十幾年的疏離。當年小安平喜歡學爸爸吃甜蝦壽司，常常一口氣幹掉五貫，阿正師往往會準備燉湯，讓小安平先暖暖肚子。一家老店牽繫了他們一家人的情感，只可惜當人的感情轉為漠然後，所有溫暖的記憶便都不堪回首了。

此時馬經理送來獺祭二割三分，秀文端上主廚燒烤的肉類與時蔬，每塊都非常體貼的切成剛好一口的大小，搭配著酒吃，香而不膩。當酒酣耳之熱，原本劍拔弩張的氣氛漸漸緩和了，這時安平突然闖進了包廂，周武雄生分地起身招呼，這陣子他已經讓安平進公司，逐步參與決策。這親生兒子不僅眉宇和自己神似，經營事業也頗有乃父之風。

安平轉身對馬經理說：「請師傅幫我們做那種家庭餐。我餓了，想好好吃頓飯。」月容急著說，「你來得正好，我正在跟你爸談財產……」安平阻止母親繼續說話：「爸，你們喜歡吃這裡的的青甘下巴鹽烤和和牛排，對不對？」周董有些訝異，安平斟了杯酒敬武雄，大口喝下，父子倆眼眶皆溼。

月容阻止安平繼續喝酒，安平突然推開她：「媽，夠了！除了錢，妳還在意過什麼？我等著和爸爸喝這杯酒，等很久很久了。我想要的不是財產，是父愛。」

拚命想要的

美智的母親朝子去弟弟彥豪的別墅住了幾天，放心不下美智，又草草告辭回家了。

冬日漸寒，朝子想用土鍋燉大白菜鮮肉鍋，讓幾天不見的美智暖暖身子。她先燉好高湯，在電話上交代美智順路買山東白菜和培根五花肉。其實是美智通知安平趕去料亭的，她希望安平一家重聚好好吃頓飯，但見他一家尷尬狀態與安平母親的驕傲與跋扈，心裡卻忐忑不安。美智回家後將材料交給朝子，說先梳洗吃飯再聊。母女倆準備用餐時，朝子忍不住問女兒說：「我的寶貝女兒好像有心事喔？」她們母女倆十幾年來朝夕相處相依為命，任何事都逃不過彼此眼下。「沒有啊。舅舅家好玩嗎？」美智想轉移話題。朝子也敷衍兩句：「兩個女兒都剛剛從國外回來。」

美智盛好鍋物，漫不經心嚐了一口，才發現什麼似的。朝子對著她笑說：「還說沒心事？妳絕對不會搞錯高麗菜和山東白菜，培根五花肉也買成了松阪肉，要是在以前，絕對通不過我家美智主廚的。老實說吧，談戀愛啦？」美智矢口否認：「沒有，我只是累了。我要和誰談戀愛？哪來的心情和時間？妳也太敏感了吧。」「談戀愛還要看心情和時間啊？別忘了，我是有線民的。」朝子疼惜地看著美智，這早熟的女孩向來孤獨倔強：「能讓我們聰明理性的美智沖昏頭的，應該只有愛情吧？愛情這東西我可是清楚明白的。」

美智吞下口感紮實、頗有嚼勁的松阪肉，一邊嘮叨：「高麗菜不耐久煮，媽，妳還是快點吃飯吧。」母女倆一陣攻防，朝子突然說：「當愛來的時候，往往是當局者迷。妳會發現，有些事，原以為不可能，卻拚命想要。那就是愛情了。」

平民百匯大餐

美智晚上打工的料亭週一是公休日，安平與美智約定，他以後不會到料亭吃飯讓美智為難，但週一傍晚他要和美智一起用餐。

這個週一美智等著安平下班，但遲遲不見他人影，後來安平才打電話通知她說他臨時有應酬，要爽約一次。比起大多數的大學生，美智的生活單調而且辛苦，白天上課晚上工作，煮飯洗衣等家事也全都靠自己。所以難得有個晚上能空出來，她決定在月色下獨自散散步，找家館子解決晚餐。她走到一家自助餐前，菜剛剛才熱騰騰的端出來。突然有個眼熟的男人出現在身邊，身穿白色T恤、丹寧牛仔褲，滿頭大汗，像是剛剛運動健身，看起來很像馬經理。

但是美智印象中的馬經理永遠西裝筆挺，黑色邊框眼鏡，不苟言笑。

「林美智，妳怎麼會在這裡？」這男人笑著，有種美智很陌生的開朗：「來吃飯喔？那我請妳。這時間出菜正新鮮，超好吃的。」他把一臉錯愕的美智拖進店裡，迅速拿了紅糟排骨、瓜仔肉、紅蘿蔔炒蛋、清炒高麗菜、豆酥鱈魚、青椒牛肉、麻婆豆腐、炸喜相逢和筍湯。美智其實也餓了，這家店菜色清爽而不油膩，新鮮美味，搭配Q軟的白飯，讓人胃口大開。

「這是平民百匯大餐啊。我星期一都會到你們學校運動中心跑步，然後來這裡吃頓飯。老闆娘有良心，菜煮得好，價格很便宜，都是媽媽的家常菜。我最喜歡她的紅蘿蔔炒蛋了。小時候我媽就會把各種蔬菜切得細細的去炒蛋炒肉啊，我才肯吃。懷念啊！」馬經理對著美智說個不停，換個人似的。

學生和工人們個個捧著滿滿的菜盤和大碗白飯，整個餐廳乾淨樸實，洋溢著溫暖的幸福感。

好酒品的男人

美智和馬經理一起吃過學校附近自助餐後，兩個人沿著學校外面散步，不在料亭裡的馬經理看起來整個人年輕許多，也柔和許多。美智一直盯著馬經理看，有點不可思議。他反而有點靦腆的笑了：「我帶妳去品酒好嗎。放心，只是小酌。」

這家居酒屋只有吧台幾個座位，一進門老闆便急著獻寶：「就知道你今天會來，我剛去日本，帶回好東西，十四代。」老闆回過神，才發現美智：「啊，今天帶女朋友來？」這酒來自山形一家三百多年歷史的酒廠，十四代當家的清酒品質甚佳，名氣勝過原有的酒名，於是反而成了酒的名稱，是清酒的夢幻逸品之一。

美智淺嚐一口，剛入口冰涼似水，稍息片刻酒香四溢，餘韻繚繞。「日本的職人很厲害，一生就專注做一件事。哪像我們台灣，不會讀書就好像都沒有用了。你們會讀書的人，不會懂我們這種人的心情。」馬經理邊品嚐著酒，話多了起來：「我從小就不會讀書，只會闖禍，如果不是老闆收留我，我早就去混流氓了。我媽過世前到店裡來看我穿著西裝安安份份的工作，她只差沒跟老闆磕頭。我很珍惜這份工作，工作時很嚴肅，就是怕別人看不起我。」

「真是好酒。」馬經理跟老闆致意，老闆笑了：「就知道你懂，這款酒現在很難買到，全給香港人搜光光了。」「我別的不行，就是對品酒有天份，在日本啊我也能當個品酒達人。」馬經理開心的吹噓著，老闆叮嚀美智：「小姐，相信我，絕不騙妳，男人清醒時是假的，一喝酒就現出原形。他啊，酒品一流，絕對是好男人。」

酒精的作用力緩緩回甦，美智滿臉通紅像個熟透的蘋果，讓人好想咬一口。

愛情的餘韻

美智與馬經理在居酒屋小酌，經理品了三款酒，但毫不耽溺，淺嚐即止。喝完酒，經理準備送美智回家：「我們慢慢散步回去，免得妳紅著臉回家，朝子阿姨會罵我的。」

美智臉紅心悸，整個人很亢奮：「好啊。那酒真的很好喝，剛開始覺得很清爽，但後勁好強！」「我開始品酒也是這樣，覺得沒什麼，兩三下就喝掛了。剛剛要不是我勸妳，妳還說要喝雪漫漫呢。」「那麼浪漫的名字，好想浪漫一下。」「清酒溫潤，但有十六至二十的酒精含量，女生很容易受騙的。」

不勝酒力的美智，在月色迷醉的冬夜，看著街燈竟像細雪漫漫飛舞，馬經理陪她坐在小公園裡吹吹風散熱。「我爸是混黑道的，年紀輕輕還沒機會改邪歸正，就給人打死了，留下我和我媽兩個人。偏偏我不會讀書到處鬼混，我媽好怕我步入我爸的後塵，就拜託老闆收我當助手。沒多久她也走了，大概是被我們父子氣死的。」馬經理的眼眶溼潤：「我很恨那些有錢的客人，他們沒有比別人努力，就能錢滾錢，享受錦衣玉食。我們只能更加努力！」

馬經理有去進修日文、品酒、餐飲服務和經營管理的課。美智鼓勵他：「經理，其實你這麼懂酒，可以去考侍酒師。」「台灣不能光靠品酒，市場不大，還要搭配菜色才行。我有在準備去考。妳不要一直叫我經理啦，叫我阿榮就好。」「阿榮？」美智笑了，因為那個老廣告的梗，實在跟馬經理搭不上來。「妳笑什麼，很俗喔？」美智笑到不可抑制，她聞到馬經理身上的味道，是淡淡的清香，餘韻十足。

「以後妳要幫我想想，什麼酒該搭配什麼菜色。」馬經理溫柔的對美智提出要求。

禿鷹的食物

和安平在美國一起長大的朋友凱文來台灣處理公務，飛回美國之前想和安平一起吃頓飯。安平不想錯過與美智每週一的約會，於是拜託美智和他一起吃晚餐，也想藉機讓她多認識一些他的朋友。

他們約在一家知名的美式牛排餐館。兩個男人一見面就熱情擁抱，用高分貝的英語問好。凱文看來相當精壯，他毫不猶豫的點了十六盎司、三分熟的頂級菲力，安平誇張應和著：「天啊，你不怕胖啊？」「怕什麼？沒聽過吃越多越瘦的道理嗎？重點是要健身，我現在每天都晨泳後才去上班。」兩人多用英語交談，美智英語雖好，但沒什麼話題好談。凱文以為美智英語不好，幾乎將她當空氣，高談闊論著：「台灣的公司成本低獲利高。只要我們進去把公司重新組織，財務重整，公司市值保證翻幾倍。你有沒有興趣也來玩玩。」「我現在先學著管理我爸的房地產，我先不玩自己陌生的東西。」「有什麼好的投資標的，別忘了找我一起賺！」美智看著凱文，一身漂亮的行頭搭配著他在健身房練出來的健美曲線。年紀輕輕的，靠著家產大玩金錢遊戲，安平以後也會是這樣的人嗎？。

凱文點的餐上來了，三分熟的菲力牛排一刀劃開，流出粉色的血，「哇嗚！哇嗚！」凱文興奮的大叫：「剛剛和那些笨蛋開完又臭又長的會，腦細胞都快死光了，現在我可以吃下一頭牛。」牛排搭配的時蔬，是大塊大塊上桌的花椰菜，和一大盤煮過頭呈現焦黃的馬鈴薯片。

這家餐廳要價不輸高級料亭，但美智卻感受不到每樣食材的好味道，倒覺得他們就像沙漠中禿鷹，粗暴吞噬著血淋淋的肉塊。美智感到一陣反胃，完全食不下嚥。

要炒飯，我們自己會

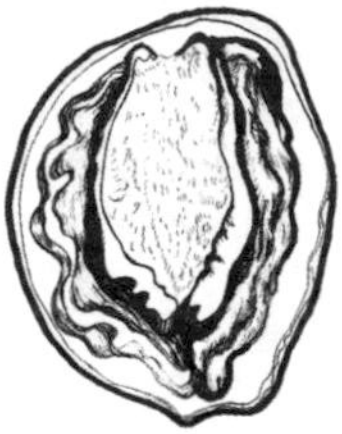

這陣子料亭的生意大不如往昔，今晚非假日時間，店內只有兩組預約包廂的客人，壽司師傅板前空無一人，師傅依然得一身筆挺站著，無奈直視前方。

廚房外竊竊私語起來：「這附近開了很多家日本料理店，都標榜創新菜色。」「巷口那家的套餐裡還有鮑魚、帝王蟹、明蝦。」「還有一家吃到飽，干貝隨你吃。」「我們應該調整一下菜單和價格了。」阿昌師傅不發一語，馬經理知道後狠狠教訓了大家一頓：「一顆青花帶子就要二十塊，怎麼可能吃到飽？假鮑魚、假干貝，我們做不出那種事。」

這天美智到客人包廂，一對男女用餐完畢，美智會客氣地問，份量夠嗎？要不要加點什麼。不料女客人竟然說：「吃不飽，能怎樣？」「那我請師傅做鮭魚炒飯或拉麵，免費招待兩位。」「我來這裡花兩三千塊，不是來吃炒飯的。」女客人輕蔑的諷刺著：「前面那家日本料理，東西多到我都吃不完，來你們這花這麼多錢，妳卻要給我吃炒飯喔？」「要炒飯，我們自己會。」男人曖昧地接下話，女人輕佻地笑了起來。美智也陪著笑說：「兩位稍候，我去跟師傅商量。」美智跟馬經理請示，馬經理便要師傅追加鱈場蟹炊飯招待客人，還陪著美智一起去道歉。

客人走了，店裡越發冷清，大夥兒準備下班。美智和馬經理對望，回到在這裡，他又是嚴謹端正，一身黑色西裝。「做料理的人就知道，從食材到作工，都可以偷工減料，差一點，就差很多。就連奉茶，隨便拿茶葉梗去煮也可以省掉茶葉錢。」馬經理激動的說：「這世界早就分不清楚好壞了。就像每個人都在談戀愛，但是能用真感情的又有多少？」

現在我想吃妳的白耳朵

白天上課晚上打工，美智的日子過得比一般年輕人忙碌。再一個學期，她就要畢業了，畢業後要做什麼，工作與感情何去何從？開始困擾著她。

安平忙著接掌家族企業，每逢週一料亭公休來找美智吃飯。後來索性耍賴說他想吃美智親手做的菜，反過來要求美智到他私人的寓所去，安平有種讓人無法拒絕的率直和可愛。他習慣了美式食物和倉促簡便的餐點，美智想利用自己下廚的時間好好調理他的身體，藉機練練手藝。

春日燥熱。這天美智為安平準備了紅燒豆腐、獅子頭、豆苗蝦仁和涼拌的醋溜麻香彩椒木耳。黑木耳有「素中之王」的稱號，營養豐富，含豐富的纖維素與鐵，春天吃可以排毒促進血液循環。菜還沒上桌，安平就在小廚房裡偷菜吃，看見黑木耳卻求饒，說不敢吃：「我不要，黑黑的，很恐怖。妳不覺得木耳很邪惡嗎？好像樹木的耳朵，有一次我走進森林裡，看到很多樹都長了耳朵，好恐怖！在美國的菜市場很少見到這種黑木耳。」

美智哄著他：「這是我做的特級沙拉，我把好多蔬菜、彩椒和木耳切絲，拌了黑醋，還加上炒熱的芝麻，非常香，你嚐嚐看。木耳很好吃，好Q，好脆。很健康，這可以把你的身體清乾淨，幫你補充營養和膳食纖維。」美智將醋溜麻香彩椒木耳貼近安平，安平就躲，鬧了一會兒才肯裝乖乖就範。

「哇嗚，好好吃喔！老婆煮的菜都好好吃。」他緊摟著美智，忍不住饑渴地吻著她的耳朵：「妳煮的東西，我都會乖乖吃。我要妳一輩子做飯給我吃。現在我想吃妳的白耳朵。」語畢，他把美智抱得更緊，將自己壓抑已久的傾慕全部釋放出來。

想在廚房好好愛妳

對著女孩子說「老婆煮的菜都好好吃」和「我要妳一輩子做飯給我吃」，算不算求婚？或者至少是告白？

他纏繞住她求吻，從耳朵滑到脖子，動作相當跋扈粗暴，伸長舌頭露出牙齒，像是捕捉到獵物那樣，不讓她有喘息的空間。他攻勢凌厲，一如他的坦率，美智被安平吻得心慌意亂，掙扎著不讓他吻到她的嘴。憑良心說，很少有女人可以拒絕這樣的男人，活潑俊俏，幽默風趣，繼承的產業相當可觀。可是偏偏美智卻能很冷靜地，溫柔地，緩緩掙脫安平的懷抱：「誰要給你做一輩子的飯？很累呢！」

安平知道美智的個性，只得暫時收斂滿腔熱血，埋頭吃著各種菜色，但是繼續示愛著：「老婆好像有個百寶袋，隨時變出各種菜色。妳見過我老媽吧？每天打扮得漂漂亮亮只顧著出門玩，從來不下廚。當我第一次看到妳，妳對著我解說那些菜色時，我就愛上妳了。妳是我理想中的妻子。我從小就幻想，以後我要有一個很漂亮的中島廚房，就像這樣。我可以一邊看著我的老婆做菜給我吃，一邊在廚房隨時，好好地愛她。」這時安平語帶輕佻試探，再度起身逼近美智，幾乎讓美智的身子傾向中島。

美智警覺的閃開，她想他們對彼此瞭解都太少，安平根本不清楚美智想要什麼。美智要照顧母親，要完成一家人開餐廳的夢想，她可不想當個家庭主婦，一輩子做菜給老公吃。她覺得安平只是想補償自己從小匱乏的母愛和家庭，他愛的只是他自己缺乏的東西。

美智走向中島的另一端，讓兩人隔著中島。她很溫柔地對安平說：「天氣越來越熱了，我給你燉了冰糖蓮子，讓你退退火。」

去你媽的社交禮儀

安平多次大膽求愛，都被美智委婉的冷處理，不過他也是嘻皮笑臉，不怒不退，模擬兩可，更讓美智感到困惑。

兩週未見，不料，卻在周刊上看到周安平。標題是「百貨名媛情定海歸地產小開？」原來他與知名百貨公司千金霍家琪出入夜店，兩人親密相擁，安平的手都快伸進她的洋裝裡了。秀文姊首先發難：「妳沒跟他怎麼樣吧？這些紈綺子弟還是不要碰好。」沒想到偏偏這一晚，竟然是周太太帶著週刊上的那個百貨名媛霍家琪一起來吃晚飯，美智的臉色青一陣紫一陣。

周太太對馬經理說，「霍小姐從小在美國長大，中文不太好，聽說你們有個小姐英文不錯，就請她來解說菜單吧。」馬經理很氣憤，她擺明是要來整美智的。果然周太太不斷挑剔美智的英文，像是鰻魚壽司，美智用英文直譯，卻被她指正說：「在美國也很流行吃壽司，大家都知道UNAGI，妳直接翻譯大家反而聽不懂了。沒出過國，翻譯還是很不行。」霍小姐穿著雅緻，嬌滴滴地不發一語，只是微笑著，端著。

這時安平氣急敗壞地趕到料亭，急著向美智解釋：「那天晚上，是我媽邀請大家一起去玩的，當時我媽也在場，我能幹什麼？大家都喝醉了，鬧著玩的……」美智想起安平那天強吻她，剛剛又受到屈辱，突然發飆：「喝醉就可以動手動腳嗎？」「拜託，擁抱在我們美國是很正常的社交禮儀啊，更何況又是在Party裡。」安平聳聳肩兩手一攤。

「去你媽的社交禮儀！」衝過來的竟然是怒氣沖天的馬經理：「懂那麼多社交禮儀的人，為什麼說起話來那麼刻薄？那麼欺負人？我是說你媽，你媽剛剛欺負她！」

我不想一輩子做菜給一個不懂我的人吃

周太太屬意百貨千金霍家琪做自己的媳婦，經常主動作東，邀請這些名門千金到高級夜店飲酒作樂，想給安平製造機會，甚至還聯絡周刊記者到場，寫點八卦新聞，想要弄假成真。

安平趕到料亭向美智解釋：「我跟我媽說，等妳大學畢業，我想跟妳結婚。所以她才會這麼緊張。她是一個控制慾很強的人！」「我們什麼時候談到結婚？你完全沉浸在自己的幻想裡，你以為全世界的女人都想嫁給你？我要照顧我媽，我想開餐廳，用我父親的菜單實現我爸的夢想。我不想結婚。」「讓我來實現妳的夢想吧。我家有很多店面，妳去挑一個，資金也沒問題，妳只要好好發揮妳的廚藝。妳做的菜那麼好吃，我全力支持妳。我媽那邊，妳不用擔心，我根本不在意她的想法。我受夠她了！妳才是我未來人生的主角！」安平就是安平，他總是自信滿滿，對他所愛的人慷慨又熱情，開一家餐廳算什麼。以他未來的財力，開十家都可以。

「安平，你不喜歡你媽，但其實，你非常像她，你總是想要安排別人的生活。我知道你對我很好，我很感謝。但我想靠自己去尋找我要的幸福，我會一點一點地摸索，我甚至還不知道它應該長什麼樣子。」安平不會輕言放棄，他繼續逼近：「好，那妳慢慢來，讓我跟妳一起摸索。摸索？」安平口氣又轉輕浮。基本上他是不信這套的。

美智突然很感傷地說：「你常常吃我煮的菜，但你從來不曾體會，我是如何透過料理維繫家族的記憶和情感。你從不曾靜下來傾聽別人，就像你媽從來都不懂你爸要的是什麼？我不想一輩子做菜給一個不懂我的人吃。」

慷慨不一定是因為愛

美智工作的高級料亭，因為堅持傳統，與時下流行混搭的料理風格不同，逐漸無法取悅年輕客人，一場金融風暴的洗禮，料亭面臨要被迫關門的厄運。

高級料亭採預約制，這天竟然沒人訂位，大夥兒坐在廚房大眼瞪小眼，非常尷尬。此時，陳老闆送鱈場蟹和干貝來了，他嗓門極大；「阿昌，今天公休喔。哈哈。我前天送來的貨用完了嗎？人家老江那邊，龍蝦干貝整箱整箱在叫，你們是在做什麼？時代不同啦，客人根本吃不出好壞，趕緊改改菜單，弄個澎湃一點的就好。」

他抽出一粒北海道生食干貝：「阿昌，我是看在你的面子，給你們留最好的貨。是沙西米的等級。不然，早就給老江他們訂光囉。反正他們的客人吃吃冷凍干貝就好了啦。還是你們比較內行。」陳老闆將阿昌遞給他的啤酒一飲而盡，轉身瀟灑走人。沒多久專送有機蔬菜的林先生也來了，進門先道歉：「師傅，歹勢，今天我的菜不夠，我想你們應該還有，就不送新的了。我這裡有些今天剛採的香椿，送你們炒菜吃。」

有幾家日本料理餐廳仗著生意好，要進貨的廠商聯合抵制高級料亭。美智見到林先生兩手空空，心裡忿忿不平，覺得還是陳老闆講江湖義氣。馬經理取出潔白的干貝告訴美智說：「妳不懂得看人。真正北海道生食干貝顏色略帶橘色，看這干貝的色澤和大小其實是次級貨，陳老闆不可能分不清楚，他故意嚷嚷是另一種威脅。林先生的菜園是有機栽培，產量原本就不穩定。」

他意有所指地看著美智：「人的感情也一樣。有的人慷慨，是因為他佔盡優勢。有些人擁有不多，卻願意付出，那才是真感情。」

做菜溫柔一點

夏夜，料亭的同事們要幫料理長阿昌師傅慶生，由美智掌廚，想煮點清淡的素食。美智父親的食譜裡有些素食料理，在這春夏交替的燥熱季節，正好派上用場。

美智刀工細膩，她將大量紅蘿蔔、馬鈴薯絲、竹筍、香菇黑木耳、香菜、白菜切如髮絲般細，作成涼拌馬鈴薯絲和竹筍素菜羹。將當令的綠竹筍煮熟冷卻切塊，再用奶油起司和一點點味噌焗烤，最後再將焗烤過的筍塊放回筍殼內，用叉子一口一口吃。加上胡麻豆腐、蔬菜天婦羅、炒水蓮和素炒飯，做了一桌子清爽的素菜。客人離去後阿昌師傅走向員工的小廚房，大夥兒為他高唱生日快樂歌，然後開始用餐。阿昌師傅很滿意美智的菜色，特別鍾意涼拌馬鈴薯絲：「這道菜，是阿正的菜色，阿正有傳人了。」這種小菜隨處可見，美智很訝異阿昌師傅怎麼會知道。其實阿昌師傅是美智父親阿正的副手，在阿正過世後慢慢熬成料理長。

「妳爸爸過世前，正在研究素食的食譜，說想推廣蔬食。他是個日本料理師傅，所以這涼拌馬鈴薯絲和外面的作法有點不同，他用的是日本黑豆蔭油、釀造白醋和柴魚粉。什麼人做什麼菜，仔細品味還是不同。妳的刀功細膩，不拖泥帶水，又小心濾乾所有蔬菜釋出的水分，吃起來更加爽口。妳做菜比妳爸爸還溫柔。」說到這裡，阿昌師傅忽然頓了一下，有些感傷：「妳爸常說，我們做料理的人、殺生造孽，所以做菜要溫柔一點。」

阿昌師傅舉起酒杯：「二十五年，也該退休了。今天，就順便幫我餞行吧。」眾人一陣錯愕，一旁的馬經理更是面色凝重，看來，料亭的經營將面臨更大的危機了。

酒入愁腸化作相思淚

料理長表達辭意後，大夥兒帶著沉重的心情回家。

美智默默跟著馬經理後面，他依舊是一襲黑色西裝，拘謹沉默。快到捷運站時，馬經理脱下了西裝外套，發現了美智：「妳跟蹤我？」「我，我沒有。」「朝子阿姨家明明在另一頭。乾脆陪我去喝杯酒。」美智像跟著吹笛子的人，跟著走向上一次的小居酒屋。

這次老闆推薦了安曇野的梅酒。安曇野是日本知名的旅遊勝地，風景如畫，水質極佳。這梅酒以當地好水及盛產的梅子釀成，添加蜂蜜後香甜醇厚。

因為太好喝，很容易忽略它的酒精濃度。老闆一邊斟酒一邊敲邊鼓：「這安曇野很美啊，有空帶女朋友散散心，美景，佳人，好酒，人生多美好？」馬經理說：「我哪有心情去什麼安曇野。都快倒店了。」他轉而對美智說：「妳快點去找工作。妳書讀得好，一定會有好工作，可以去外商公司！」美智不必回答，馬經理這晚異常多話，自己一口酒配一句話，說個不停。

「生意不好，料理長又要辭職，老闆說，乾脆收掉餐廳去日本找兒子玩個半年一年。這酒真順口，好喝，有一首詩啊，明月樓高休，獨倚，酒入愁腸，化作相思淚。」這首詩從他嘴裡念出來，完全是賦新詩強說愁的模樣，讓美智忍不住笑出聲。「笑什麼，笑我土喔，我沒唸多少書。不像妳啦。我每天穿著西裝上班，其實只是一家小小餐廳的一個小小的領班。」馬經理難得不勝酒力，渾身灼熱，用力扯開襯衫領口鈕扣，鈕扣被扯落在地上。他眼眶泛紅，忽然抱住美智大叫：「我就像衣服上的一顆扣子，脫離衣服後就沒有用了。請妳收留這顆扣子好嗎？」

料理的靈魂是愛

馬經理強作鎮定，向大家宣佈料亭即將結束營業的事情，其實大家都心裡有數。

料理長計畫帶著一家老小回鄉陪伴老邁雙親，種菜開家有機蔬食餐廳。廚房助手、秀文和資深侍應生，很快就在其他餐館找到工作，只有馬經理還沒有打算。他從狂狷少年，變成三十而立的青年，是這家店給了他自新和自愛的機會，如今放手，萬般不捨。「我真的餓了。」馬經理宣佈完，對

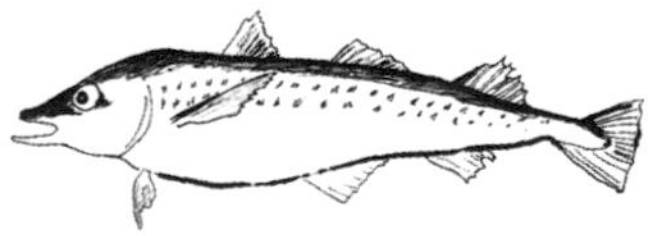

美智說：「煮點東西給我吃好嗎？」美智默默的拿出鱈魚、豆腐和蘿蔔，準備做個鱈魚豆腐雪見鍋。她把大量的蔬菜用高湯熬煮，放入豆腐、鱈魚，起鍋前鋪上大量白蘿蔔泥，就是「雪見鍋」。鍋中沸騰時，蘿蔔泥猶如靄靄白雪。

「在日本春天白雪未融，蘿蔔盛產的季節，很喜歡吃這樣的火鍋。不過，我們這裡天氣熱了點。」美智解釋著這道菜：「爸爸在世的時候曾經帶媽媽去過一次日本，我媽對日本有很深的情感。爸爸的食譜裡有些日本菜色，媽媽非常好奇，所以後來我們母女倆一起去過日本好幾次。」「我去過，卻沒什麼發現和感想。不像妳情感細膩敏感。」馬經理忘情的看著美智，美智娓娓道出了深藏內心的願望：「經理，你曾經說，餐廳的靈魂是料理本身、而料理的靈魂就是愛，這是我爸媽告訴我的。我並沒有在找新工作，我想開家小館子，圓我們一家人的夢。」

馬經理非常興奮，起身去拿冰箱裡冰鎮的清酒：「來，乾杯，收留我這顆釦子吧！」「我不喜歡料亭這種高級料理，和人太疏遠了。我打算去日本走走想想。」馬經理在斟酒給美智的那一刻決定勇敢告白：「讓我和妳去，我們一起想想。」

愛就是要一起做

美智拒絕了富二代周安平的求婚，安平維持了紳士風度，靜待時間考驗。

他打電話探詢美智的下一步：「妳還是想開餐廳嗎？我可以投資妳，我公司有一些店面。」「這不是投資問題，是圓夢。」「做餐飲毛利很低，當投資就好，妳喜歡做菜，做給我吃就好。」美智很清楚自己不是公主名媛，她選擇了一種踏實的生命態度。手機剛掛斷，馬經裡已經來到咖啡館，他們相約在此研究日本自助旅程。周安平一定無法了解自己會不如這個「小釦子」。

兩人預計到東京以及東京新幹線可到達的區域，包括箱根、鎌倉、輕井澤和安曇野等等。他們透過日文網路，搜尋一些有趣的餐館：「鎌倉這邊有家和風洋食的餐館，這樣的擺設，老電影海報，好懷舊，小津安二郎晚年就住在鎌倉，這裡到處都有文學、電影的景點。」「江之島這邊有家號稱世界第一的早餐店，可以看著海吃早餐，這種感覺也不錯。」「但是北台灣靠海的地方，都是觀光景點，我不想要那種感覺。我希望比較庶民一點家庭一點的館子。」「那就這一家，在安曇野，用有機的蔬食搭配法式料理。」美智心情好愉快，馬經理沒有給她任何承諾，她卻選擇和他出國旅行，雖然有點忐忑，就讓愛如流水，順其自然吧。馬經理說：「剛剛我也訂好了機票和旅館，兩間單人房。」

他溫柔地笑了，拍拍美智的肩膀：「妳放心，我不會欺負妳的。請信任我。」美智終於懂得當年母親為何寧可捨棄豪門世家的婚配，反而選擇了身無分文的父親，與其擁有富裕、平順卻不自由的婚姻，不如找到能懂自己，能和自己一起開創未來的伴侶。

愛，到遠方尋覓

期待已久的關東之旅終於到來，美智和馬經理抵達東京。他們在飯店落腳後，隔日的第一站便是去鎌倉。他們捨棄一些觀光客愛去的名店，只想在某個區域閒晃，到了用餐時間，再找一間家常的館子細細品味。

鎌倉是日本幕府時源賴朝的根據地，與京都、奈良並列日本三大古都，保存了大量中世紀的建築與寺廟。美智和馬經理在北鎌倉的車站下車，走沒幾步路就到了鎌倉五山之一的「圓覺寺」，綠樹蒼鬱、禪意深沉。日本兩大文豪川端康成和夏目漱石都曾流連此地，留下許多文學作品。美智以為從北鎌倉開始散步，可以走到鎌倉車站，再找家館子吃飯。沒想到，山區不到五點暮色已低垂，且飄起雨來，伸手不見五指，兩人迷了路。美智慌亂的往前疾行，馬經理跟在後頭守護著她。

兩人竟然誤打誤撞，闖進了小町通的那家小館子「街角」。磚造老屋充滿寧靜的懷舊氣氛，上了年紀的男主人穿著西裝，一派紳士模樣，優雅的推薦招牌菜色「時菇燉牛肉」。廚師用各式菌菇燉牛肉，牛肉入口即化，味道香濃，美智一口氣吃掉一碗白飯。老闆向兩人介紹關於鎌倉的電影故事，建議兩人飯後去參與一個電影活動。美食安慰了疲憊的旅人，美智啜著咖啡往窗外望去：「我要的就是小津安二郎的電影畫面，吃了飯後感到幸福，有了繼續走下去的能量。」

入夜後的小町通依舊飄著小雨，月光依舊稀微，喧囂在遙遠處。在無聲的異國街道裡，一棟棟小巧優雅的日式建築，兩人彷彿闖進了電影場景。人海茫茫裡，兩人相遇、相戀，千山萬水，牽手走在異國的街道，真實的人生比電影更有戲劇感。

女人身上的肉味

美智和馬向榮經理一起到日本關東旅行，研究未來餐廳的樣貌。漸漸地美智也不再以馬經理相稱了，就叫他向榮。

夜裡他們從鎌倉回到了東京，向榮帶美智到一家日式燒烤屋，這家店僅有十多人的座位，店內有多款日本酒或葡萄酒可選擇。美智擅長做菜，但卻沒有烤肉的經驗，正在猶豫該怎麼弄時，向榮已拿起烤肉夾，動手烤起肉來：「妳只要負責吃就好了。」向榮點了牛五花、牛舌、松板肉和一瓶二〇〇四年美國加州酒廠的葡萄酒。向榮烤出來的肉質地鮮美，醬汁濃郁入口即化，紅酒的果香濃郁，在口味偏鹹的烤肉中，香氣反而更加甘甜。美國的葡萄酒，常被稱作新世界葡萄酒，酒的層次或許沒有歐洲產地的那麼豐富，但因為氣候溫暖，葡萄酸度較低，加上釀酒手法不同，紅酒更為甘醇、甜美，酒精含量較高。就像沒有歷史資產的年輕人，得靠熱情和活力勝過別人。美智深情地看著向榮，原來，等別人上菜原來是這麼輕鬆愉快的事。

美智家裡只有母女兩人，她在學校也是獨來獨往，沒有機會感受到那種鬧烘烘的氛圍。她興奮地尖叫著：「好好吃，我還要雞肉串和甜不辣。以前我走過燒烤店，看到一大堆人開心聊著、大口吃肉的樣子，還很羨慕呢。謝謝你帶我來這家。」說完一咕嚕喝掉杯中的葡萄酒。當他們酒酣耳熱的走出燒烤屋時，美智才想起日本人說，到燒烤屋吃東西的情侶多半關係很穩定，因為燒烤氣氛豪邁，且吃完渾身都是烤肉味，女人會失去柔美和清香的感覺。

美智的臉紅通通，心也跟著砰砰跳，當向榮貼近她時，她忽然跳開來大叫：「不要，我身上都是肉味」。

旅行是愛情最好的試煉

美智和向榮的日本之行來到了輕井澤。輕井澤距離東京僅有一小時的車程，是日本政商名流、文人雅士避暑度假勝地，一直給人高貴優雅的印象。日本皇太子就是在這裡與他美智子皇后相遇。

一出車站，向榮就忍不住捉弄美智：「美智子皇后，這是妳的地盤！」其實輕井澤對她有特別的意義。母親和父親私奔後，唯一的一次出國蜜月旅行，正是輕井澤。母親一向對日本有孺慕之心，又很景仰美智子皇后的氣質，回到台灣後，就將自己獨生女兒取名為美智。「所以，妳的生命就是從這裡來的。」向榮突然嚴肅起來：「那對我意義重很大，所以我們一定要來這一趟。」

他們朝著北輕井澤的方向出發，她的目的是那裡的一家小餐館：「爸爸的食譜裡記載了很多這家餐廳的菜色，他好像非常喜歡這家店。」北輕井澤不如車站附近那麼熱鬧，靠近山區沿途綠蔭扶疏，但是人煙稀少，他們走著走著，竟然又迷了路，繞來繞去都是樹林。「怎麼辦？」美智越走越慌，有點不知所措。旅行最能試煉情侶的感情，若不能彼此體諒，就會在旅途中吵個不停，互相怪罪對方。但這幾天下來向榮總是穩重而體貼，他對行程向來沒意見，到任何地方都能處之泰然。

「我看我們別找了，都二十五年了，可能早就歇業了。」美智沮喪地說。「我很喜歡這裡。我們繼續散散步。」向榮疼惜地看著美智：「妳的人生都是規劃好目的，很努力地投入。但我的人生呢，沒什麼目的地，隨遇而安。我喜歡享受沿路看到的風景。有妳相陪，看到的風景更是絕美。」

美智此刻覺得自己比當年的美智子皇后還要幸福。

幸福不用掛招牌

美智和向榮在北輕井澤的山區迷了路，走了幾個小時實在餓得受不了，美智決定放棄尋找父親來過的那家餐廳。

她走向斜坡旁一棟小巧的別墅，打算拜託主人幫忙叫部計程車趕下山。一進門，卻發現這是家沒有招牌的小餐館，店主人是一對老夫妻，倆人信手捻來都是當地新鮮食材：自家烘焙的手工麵包，當地水果製成的果醬，蒸煮的高原蔬菜和味噌炙烤的鮮魚，沒有流派都是家鄉味，樸實清新，讓身體毫無負擔的美食。早已過了中午用餐時間，店裡只見角落一個老人家，身影孤單，胃口似乎不太好，老闆娘吩咐老闆給她燉碗軟一點的溪魚粥，不時陪老人家聊聊天。似乎是個獨居的老人，每天都到食堂吃飯。美智忽然很感動，山中歲月雖美，但有時寂寥淒冷，能在這裡好好吃頓飯，真是一種幸福。

當老闆娘送上一碗熱騰騰的信州味噌溪魚湯，美智淺嚐一小口竟潸然淚下：「就這是我爸的湯裡味噌的比例！」老闆娘知道美智此行的目的後也大笑起來：「難怪妳很眼熟，妳就是朝子肚子裡的寶寶啊。」老闆立刻進屋裡翻箱倒櫃，找出一張與朝子、阿正的四人的合照。這家店正是二十五年前他們造訪的餐廳。阿正夫妻在這裡住了好幾天，老闆毫不藏私，與阿正切磋廚藝。老闆說：「你父親很認同我們善用當地食材，根據季節時令設計的菜色。我們沒有流派，我們自己也吃這些家常東西，這是最安全的，有家的味道。」

幾年前，餐館的招牌被風雨打落，年邁的店主說：「我們不需要招牌，這就是一個家。」美智翻拍了照片，充滿感動地離開，回頭只見他們夫妻情深，肩並肩，不斷向他們揮手。

女人的復仇是燃燒自己

結束一個星期的日本關東之旅，美智和向榮回到了台灣。

朝子身體虛弱，到了夏天食慾低落，美智為母親還原了輕井澤小食堂的菜色，只是改用台灣當令的食材。朝子默默吃著，似乎回到那年的美麗時光：「那些短暫卻美好的回憶，足夠我支撐一輩子。人啊，有情就是一輩子，無情，縱使兩人牽扯一輩子，終究是一場空。」雖然只有短短一個星期的旅行卻讓美智完全懂了母親和父親的情感。

周安平很焦慮地找美智。到了咖啡館，安平急著說：「我在台灣沒什麼真心的朋友，我只信任妳。我有件事想請教妳。我媽最近好像瘋了！」原來安平的母親要求周董將所有財產轉到安平名下，否則將控告「小三」，要讓她無地自容。她一再到周董家鬧事，再度上了周刊封面。美智拍拍安平的肩，安平看來非常沮喪，他雖然是啣著金湯匙出生的高富帥男人，卻比任何人都孤單。「我不想在我爸公司上班了，他們表面上服從我，但背後都看不起我，說我是來搶家產的。我才不稀罕那些錢，我能賺到更多錢。」安平幾乎要哭了，美智摸著他寬闊的背說：「我相信你，你一定比你爸優秀。若是當年你爸爸也能證明自己是可以靠自己的，就不必被你媽牽著鼻子走這樣一輩子，最後還搞到這麼難堪的地步。」

最後美智語帶雙關地對安平說：「你要勸你媽媽，緣分盡了，她早就該放手去尋找自己的幸福。她的復仇是燃燒自己。」安平決定向母親攤牌，要她放棄報復父親的無聊行為，和他一起回美國，這裡早已不是他們的家了，他們母子倆應該在太平洋的彼岸重新打造另一個真正的家。

飄著柚香的食堂

美智和向榮取得料亭老闆的支持，決定在原址將料亭改裝為一家可以吃家常菜、品酒的「向美食堂」。

他們將食堂規劃成開放式廚房，讓餐台環繞著廚房，中島式的吧台用來販售關東煮，為客人備酒。廚房內場則處理其他菜色。「要一進門就有東西可吃，很溫暖的感覺」美智想像著自己的食堂：「只賣清酒或紅酒，客人最多只能喝兩杯，不能在這裡酒醉鬧事。」時令進入秋季，食堂就要開張了，他們邀請以前料亭的老同事們一起來試菜，屋裡鬧烘烘地好溫暖，美智喜歡這樣的感覺，希望以後食堂裡都能和客人這樣歡歡喜喜，把一天的煩惱掃空，得到繼續努力前行的力量。

食堂的秋季菜單中柚子是主角，美智將白柚果肉取出搭配明蝦干貝做成沙拉，把個頭較小的蜜柚柚皮用蜂蜜糖漬，拿來清蒸白肉魚。輕井澤食堂的老夫婦也寄來了柚子醬汁和信州味噌，用來熬煮高湯吃柚子鍋，輕輕涮點花蓮的無毒豬肉薄片，口感清爽又有飽足感。柚子的清香彌漫在食堂的空氣中。秀文姊大口吃著柚子鍋，吵著要吃雜炊：「我好想念美智做的雜炊喔。」

向榮又展現他對酒的認識：「這些菜要搭配這款法國波爾多雷司令Riesling半干白葡萄酒，因為甜度較高才能襯托出果香。」朝子在一旁，看到女兒和向榮終於完成了自己與阿正一輩子都無法實現的夢想，已經眼眶泛紅。她在心中默默地告訴阿正，謝謝他留下了這麼美好的一切。美智坐鎮在店的中心點，充滿笑容與自信，牽動著所有人的心。朝子相信，有了愛情的女兒和愛人所打造的食堂裡，將會有更多溫暖美好的故事等著上演。此刻，她心中了無遺憾。

STORY 3

小鎮書店愛情

沒有性也有愛嗎

豬排飯、炸蝦飯、沙拉和豬肉豆腐味增湯。志清走在回家的路上，心裡默默猜想今晚的菜單。

妻的作息有如規律的行星，今天是星期三，小學下午休假，作為小學老師的妻子，這天下午總是特別有空，會讓孩子嘗試她向來不准多吃的油炸食物。果然才踏進家門口，他就聞到了炸豬排的味道，也聽到一雙兒女朗朗的笑聲。妻子和兒女跑到門口迎接他：「把拔，今天可以吃炸蝦呦。」女兒嬌嗲可愛的叫著，像無尾熊似的黏住他。「歲月靜好。我很幸福。」志清望著妻兒童言童語的對話，耳畔出現了這句話，但難掩一種落寞。

妻子重視養生，她炸豬排只用少量的油，其實火候和麵衣都做不到酥脆，甚至有點柴。她並不擅長廚藝，但悉心相夫教子，已經無可挑剔。志清和妻子搬到這東岸的小鎮上已經一年多了。妻子原是台北的小學老師，她厭惡都會學校的升學主義，希望讓孩子在鄉下無憂無慮與人自然成長，於是積極請調到這小鎮上來。志清是中文系博士，但待業已久，除了偶而接些翻譯或專案，始終都找不到正職。當他跟著妻子來到小鎮後，爸媽和妻子出錢出力為他創辦了一個小書店，暫時解決了他待業的尷尬。

妻子睡覺時，喜歡環抱著他，像是溫柔的慰藉。但志清卻想不起來上次做愛的時間。他們夫妻看似恩愛，但彼此卻從未有過熾熱的性愛，僅僅像是相互依存的籐和樹。女人的慾望或許可以暫時閉鎖，但男人的慾望卻如潮汐起伏，不時提醒你它是真實的存在。

志清輕輕移開妻子的手，走向浴室，靠雙手解決的自己的慾望，然後開起水龍頭沖掉那灘黏稠的慾望。

真有一見鍾情嗎

「人，到底在追尋什麼？」志清對著電腦，無意識的打出了這樣一行字。

安靜的午後，傳來時鐘滴滴答答的聲音，這是他去日本時買回來的精工老鐘擺掛鐘，會發出優雅的時間的聲音。他的小書店裡空無一人。這純樸的小鎮，多以務農為主，以老人和未成年尚無法離鄉的人居多，這幾年，隨著他們這些來自都市的移民，才開始有書店、咖啡館這種時髦的玩意兒。志清是獨子，父母親是台灣戰後逐漸富裕的一代，給了他充裕的物質生活與人文教育，從不阻撓他學習自己想學的東西。父母親支持他開一家每個月都是赤字的書店，最近他想再找個幫手做書的推廣。

一個三十歲上下氣質娟秀的女子推門進來，清湯掛麵，一副黑框眼鏡，遮不住她黑白分明深邃神秘的大眼。這是小鎮上的陌生面孔，也是罕見品種：「請問，書店有在找人嗎？」低調的聲線與女子的面容非常相襯。志清問對方有沒有帶履歷表，女子只說了一句：「我的模樣就是履歷表，你可以考我任何的問題。」志清愣了愣，卻覺得有趣：「好，妳馬上在店裡找出理查葉慈的書。」女子觀察一下小書店分類的邏輯，不到三分鐘，就挑出了《真愛旅程》，接著說：「不過，你的書上架太慢了，還沒有《十一種孤獨》。」

「因為我正在讀。」志清拿出放在電腦旁的新書《十一種孤獨》，突然想起在理查葉慈《真愛旅程》裡，那對原本恩愛的平凡夫妻，在美國郊區過著一成不變的日子，直到艾波夢想中的巴黎，徹底改變了他們的生命。為什麼自己正好用他作為考題？他看著這女子，竟然克制不住狂躁不安的念頭：「這世間真有一見鍾情嗎？」

我好想妳，來幫我

到志清書店應徵的神祕女子自稱「劉慕心」，要志清叫她「小心」就好。

這名字聽起來也像是開玩笑。志清問小心，是學文學的嗎？小心冷淡的說：「學什麼都不重要，重要的是，你要我做的事情，我應該都可以做到。」

小心環顧冷清的書店：「這附近十五分鐘車程有所大學和高中，我想，你的書店應該順便賣咖啡和輕食，和那些大學高中的社團談合作，才會有人上門來。光是坐在這裡，外面那些種稻的阿公阿嬷不可能進門來。」

這書店是棟舊式兩層洋樓，籌備時，確實想弄複合式餐飲，志清的父母親全力支持他，所有傢俱裝潢都是台北知名設建築師張羅的，也設計好了飲料吧台和小型廚房，但因為妻子在小學上課，又要帶小孩，根本忙不過來，只好晾在一旁。這時小心從包包裡拿出少量咖啡粉，和一些簡單的食材，走進吧台內的小廚房，用濾泡式咖啡壺沖了杯手沖咖啡遞給志清：「你剛剛喝的咖啡，手沖之前沒有先溼潤咖啡粉，所以直接沖泡，水的衝力太大，咖啡味道就太濃，但豆子卻有股油味，潮了。你喝喝這杯。」果然咖啡溫潤、果香四溢。然後她將一小盒鮪魚罐頭和玉米粒、芹菜黃瓜切丁與一點點美乃滋攪拌成沙拉，做成鮪魚沙拉三明治，志清被這一連串奇異的動作震懾。

「我經過這裡好幾次，常看到你在發呆，我想幫你。」女子用一慣冷靜與疏離的語氣，壓低一切情緒。志清直視著她清秀的臉龐和一雙有著深藍色瞳孔的大眼，有種從未起心的慾念。他把鮪魚玉米沙拉三明治一口氣吃光，才察覺自己長久的飢餓感：「妳明天開始上班好嗎？我好想妳，來幫我……」

不做愛一定有鬼

宜華不是不曾煩惱過她與志清之間的問題。

志清是她生命中遇到過的唯一男人，自從大學在跨校聯誼認識後，她便默默追隨著他。志清出身書香門第，教養得體，一派優雅從容、塵不沾身的氣質。宜華父母親也是基層公務員，家境小康，和志清的家庭門當戶對，對她來說，志清是理想中的伴侶。對於未來，女人比男人更知道要什麼，她無怨無悔的陪伴志清，一路讀到中文博士，儘管他對生活的任何選擇，都是消極被動不置可否，卻正巧讓她趁隙介入，拜見公婆，結婚生子，藉著志清待業在家無法融入公司組織的心態，陪她調職來到這個小鎮，安排孩子進入寬闊又有地方特色的小學就讀，說服公婆拿錢打造一家小書店，其實一切都在她掌握中。她覺得這樣很幸福，沒有性也無妨，只要每晚能環抱著他入眠，就很滿足了。偏遠的東部小鎮才是她最安全的家。

她的姊妹淘明珠說得直接：「怎麼可能三個月不做愛？人家我們老夫老妻的，至少一個星期來一次，這個年紀的男人精力旺盛欸？」「我一結婚就接連生了兩個孩子，孩子成天圍繞在身邊，他工作也不順利也就提不起勁吧。」「妳有高潮過嗎？」隔著電話線，明珠毫不忌諱：「小孩不是藉口，妳要找時間製造獨處的機會，妳們家老公是書呆子。妳要主動碰他。不做愛，一定有鬼啦。」明珠鼓勵宜華立即採取行動。

今晚兩個孩子參加學校的育樂營在外面過夜，宜華心裡撲通撲通的跳著，她沐浴更衣，穿上剛買的性感內衣，帶點透明的蕾絲邊，噴點淡香水。她相信，一定是孩子在，彼此有壓力。她一定要喚回志清的慾望。

最猛烈的一次大進擊

志清回家吃晚飯時和宜華聊到已經錄取小心的事情。

書店貼出告示一個多月了，一直就找不到對的人來幫忙，小鎮冒出了這個神秘女子，宜華也不免多疑：「幾歲啊？你有檢查她身份證嗎？這樣莫名其妙的人你敢錄取她？」「她和我一樣喜歡理查葉慈。」志清可踩到宜華的痛處了，宜華的文學造詣卻不深，女性的直覺令她不安：「她，漂亮嗎？」志清想了很久，說：「不算漂亮。妳比較漂亮。」論容貌，宜華比較接近大眾欣賞的美女，一張巴掌大的臉，鼻樑挺直，眉清目秀，但缺乏令人牽腸掛肚的幽微魅力。此刻，志清才注意到宜華今天略施薄粉，擦了點口紅，而孩子們都不在家。

夜裡宜華在床上照例摟著他，只是這回她主動發起了攻勢，用腿勾開志清的腿，悄悄地用手撫觸他的褲檔。她感覺到他的慾望了，這讓她相信明珠的建議是對的，她不再拘謹，主動索吻。就是那一瞬間，志清直視著宜華時，突然想起小心那對深藍色深邃的眼眸，冷淡而神祕，那冰山似的女人，在床上會是什麼樣子？那小巧的的唇吻起來會是什麼感覺？那低啞的聲音，若呢喃起來又會是什麼感覺？

這些無邊無際無憑無據的慾望令他血脈噴張，他忽然異常熱情的回應起宜華的索愛，扒光她身上的衣物，比過去任何一次都更猛烈的大進擊，直到軟糖達到融點化成糖水才甘休。宜華混身是汗，紅著暈暈的臉抓起棉被遮住自己光溜溜的身體。她恨不得馬上打電話給明珠說，志清是愛她的。

志清，筆直地躺著，不再迎合宜華，一臉空虛模樣，腦中還是只有小心的臉龐，神秘地對著他說：「我，想幫你……」

找出自己的慾望

接下來幾週，宜華沉醉在那夜難得的激情裡，堅信丈夫始終愛著她，她不知道志清卻已經完全捲進小心那神秘女子的奇幻旅程了。

小心上班第一天就設計好菜單，採購食材，親手繪製DM，到大學和高中發傳單，著手規劃「生活風格移民」書展。她告訴志清說：「他們為了尋找另外一種生活方式來到異鄉，就是生活風格移民。例如反對都市化生活，老人退休，藝術家尋找靈感，追求自然生態都是。」志清看著小心寫的文案若有所思：「尋找靈魂：一段新旅程，一個新生命。」

「那妳到這個小鎮，也是來尋找靈魂的嗎？」志清充滿問號。小心用聰慧的眼睛盯著志清反問他：「像你這種知青不是應該待在台北，過你的小資生活嗎？」志清答不上來。從小他就不清楚自己的需求，放任身邊比他強勢的人去主導。過去是母親悉心照料，吃飯穿衣、上課補習、升學選系，媽媽一手安排妥當。妻子宜華進入他的生活後，婚禮是她打點的，生了一對兒女也由她仔細照顧。志清對自己的生命，好像是個旁觀者。當宜華決定要移居到小鎮時，他也不敢說不。

小心貼近志清，貼身的T恤包覆著一對小巧但飽滿的乳房，看來格外性感：「你從來都不知道自己要什麼，你沒有靈魂，你要找到自己的靈魂。」她深情的望著他，紅唇微嘟，志清竟然有一種衝動，想緊緊抱住她狂吻。小心輕輕的吐著氣低聲的說：「我知道你現在要什麼。」小心說完，突然輕輕吻了志清的面頰，然後轉身走出門外，留下心神盪漾的志清。

這一刻，他突然懂了，為什麼初見面就心神不寧，這是他第一次發現到自己的慾望。

我想和他私奔到法國

小心半開玩笑的輕輕吻了志清，中午卻又若無其事的回到小書店。

稍早她訂的書已經送到書店，是英國作家彼得梅爾一九八九年的舊著，去年又重新出版的《山居歲月》，搭配另一本《戀戀山城》是小心的書展重點，再搭配菜單。志清對小書店的經營一直沒有很投入，書多半是中盤商配送的。

「你餓了吧。」小心問志清，志清的飢餓不只是食物，他的身心都渴望撫慰。妳為什麼這樣輕率地吻我？他充滿了疑問。小心走向廚房，她早就採購好了廚具和食材：「我試著做《戀戀山城》裡，普羅旺斯香料嫩雞讓你嚐嚐。這個小鎮上有放山雞，所以雞胸肉很扎實呢，做起來應該很好吃。」她先將奶油煎熱起泡，然後將雞排用奶油及橄欖油乾煎，煎好之後再放進鑄鐵鍋裡，以百里香、羅勒、茴香、鹽和胡椒調味，小火燉煮約十分鐘，在利用鐵鍋餘溫悶煮一下子，佐馬鈴薯、蘆筍和番茄吃：「彼得梅爾跟一個卡車司機去吃飯，就是吃這道菜。在法國，連五歲小女孩都很重視美食。」

志清向來不重視吃，但這雞腿香嫩爽口，挑起了他的食慾，和妻子千篇一律的滷雞腿不同：「這醬汁特別香，是什麼做的？」小心解釋說：「用蛋黃、檸檬汁和白酒和原本燉雞剩下的醬汁慢慢熬煮的。我們的生活風格移民書展，第一波就主打法國，搭配法國鄉村料理。」「妳去過法國嗎？怎麼會做法國菜？」關於小心的一切志清都想知道。

「去過。本來我還想和一個男人私奔到法國，到那個沒有人認識我們的地方。」語畢，小心又去張羅其他的事了，留下志清嘴裡滿滿的香氣，還有一種莫名其妙的妒意。

妻子的主權

小心出現在小鎮書店還不到一個月，志清就陷入瘋狂思慕中。

在家裡，他常忍不住提到小心說的話，還把書櫃裡關於法國文學和法國相關的書都拿出來溫習：「老婆，我們都沒去過法國，我們一起去看看好不好？」「去法國幹嘛？我們這小鎮的風光也不輸給南法啊。」宜華不忍苛責先生，但書店入不敷出，志清根本沒有收入。光靠她小學老師的薪水，去歐洲要幾十萬，哪拿得出手。對於先生老是不切實際，有時也不免動氣。女人的直覺告訴她，這個小心真的要小心。

於是她利用沒課的空檔跑到書店去，她刻意輕聲接近書店，偷聽兩人在聊什麼，她聽見小心輕柔低沉的聲音：「以前英國的貴族喜歡移居南法鄉間，瑞典人喜歡到西班牙海岸去。莫內搭火車經過吉維尼，愛上了那個小鎮，從此再也沒離開過，他最有名的畫作睡蓮就是在吉維尼完成的。我們把這些故事串起來，賣書也賣食物。」宜華見志清一臉孺慕，一肚子的火，直接殺進去打斷他們親密的討論。

「宜華？妳怎麼來了，要不要一起吃？這是小心親手做的尼斯沙拉和法國鹹派，讚。」志清面頰潮紅亢奮地說著，宜華故意挑剔著：「你怎麼吃這麼生冷的東西啊？你的胃寒，吃生菜不容易消化。」然後她又轉身對小心說：「我們這鄉下，到處都有新鮮蔬菜水果，他們不會想吃這種什麼法式沙拉的，要賣就應該賣中式的簡餐。」她又刻意很親熱地拉著志清的手：「老公，不好意思，我太忙了都沒時間照顧你。店裡的事情，我們還是回家再商量吧。」

小心轉身去整理書，淡定地說：「是的，老闆娘，等妳和老闆確定後再說。」

沒有一個人獨處過
怎麼懂得愛

就算宜華到書店宣示了主權也沒什麼用，志清此刻的心已經完全被小心給擄獲了。

小心到鄰近鄉鎮的高中以上的學校和市區發傳單，然後成立臉書的粉絲團，陸陸續續撰寫短文，她的短文就像誘餌一般，把來到這鄰近小鎮上各色奇奇怪怪的人釣上了鉤。書店開始不時有人上門，小心料理的簡單清爽的南法鄉村食物也很受好評。志清如同發情的雄獸，在心儀的女人面前忽然表現得非常積極，小心重新點燃了志清對書店和文學的熱情。

神秘的小心透露給志清的第一個線索是法國。他故意拿出許多法國文學和小心討論書單，伺機想刺探秘密：「高更和梵谷在普羅旺斯地區的亞耳同住過。妳去過亞耳嗎？」小心很警覺地笑了：「那兒有家小館子，羊排和章魚沙拉挺好吃的。」「妳會法文嗎？都一個人去嗎？」小心回答他說：「我會一點點法文，曾經一個人去法國流浪一年。」「一個人去？」志清很訝異，三十多歲的他，顯得過於幼稚單純。

「你從來沒有一個人旅行過吧？」小心神秘地笑了起來。「一個人旅行很寂寞吧？」志清看著小心早熟的樣貌，越發羨慕她的獨立，忽然好想和這個女孩到外面一起流浪。要一起，因為一個人太寂寞了。志清從小最怕的就是寂寞。「生活不可能像你想像中的美好，但，也沒有你想像中那麼糟，人的脆弱和堅強都超乎自己的想像。」小心背誦著莫泊桑的句子。

她和法國之間一定是有故事的，志清非常確定。小心繼續挑釁著志清：「如果不曾一個人去旅行，一個人靜靜地獨處，你怎麼懂得愛，只有一個人的時候，你才清楚你想念的人是誰。」

我想的全是她

宜華被小心惹得很不開心，偏偏小書店的生意真的有了起色，她也不便阻撓她繼續工作，索性出主意讓小心獨自留守書店，自己準備一個日月潭的家族小旅行。宜華的如意算盤是，公婆答應和一對孫兒住家庭房，好讓她和志清住雙人房來個小蜜月，宜華想藉著換環境，找回那曾經有過的一夜激情。

宜華在好友明珠慫恿下網購性感內衣，租借廂型車，終於把一家大小帶出門了。途中她偶爾和公婆聊到小心，說書店生意變好了，婆婆劈頭就問：「那個女生漂亮嗎？」駕駛座上的志清冷冷地撇過頭，刻意淡淡地答著：「就讀書人的樣子，都戴著眼鏡。」但是，他滿腦子都是小心。

夜深人靜。豪華的飯店以大片落地窗環抱著日月潭，風景如夢如幻。志清想，如果是他和小心在這旖旎多情的夜色中獨處一室，小心會對他做什麼？夫妻倆先後梳洗完畢上床，宜華嬌羞的問志清：「老公，你覺得我這件內衣怎麼樣？」志清當然聽得懂妻子的暗示，他溫柔的答腔說很好看，很性感，然後抱住宜華親吻，試著想和她做愛。他用力的吻著輕輕的撫摸她的身體，奮勇爬上去想和上次一樣。他又試著想小心，卻因此分了心，無法勃起。宜華瞬間對自己索愛的行動感到無比羞愧。她連忙穿上飯店睡袍，安慰老公：「對不起，是我不對，你開了一天的車，一定累了。你趕快睡，好好休息。」

志清躲進被裡紅了眼眶，好想哭，因為他好怕面對未來。從小被安排妥當的生活可能就要變調了，他竟學會了悲傷與思念。我清清楚楚感到了寂寞，感到了思念的苦楚。他想的，全是小心。他越來越懂小心說的那些話了。

不吃，我就不要你了

三代同堂日月潭出遊，湖光山色，絕色美景，卻製造出各自的心事。宜華故技重施深夜索愛，志清卻無力回應，卻換得一夜的尷尬。志清的父母和孫子孫女同住，卻被吵著找媽媽的孫子搞得徹夜難眠。志清的母親秀林一早就把孩子們趕回志清房裡，怒氣沖沖的對著先生祖堯發脾氣，連珠砲的列出媳婦的罪狀：「都是宜華。堅持要搬到花蓮，現在搞得孩子都跟我們不熟。你看看志清那失魂落魄的樣子，書店也沒賺到錢，還我們的老本都賠光了，現在還要聘一個人，她在忙什麼啊？」

志清坐在餐桌上望著一家子。父母健康富裕，妻子賢惠，孩子活潑可愛，他常提醒自己，要珍惜這些不要再奢求更多，但他也常靈魂出竅似的變成了旁觀者。早餐是buffet，但小孩一早胃口不好不肯吃東西，吵著要喝果汁，宜華大聲制止孩子：「先吃麵包才可以吃其他東西。肚子空空的不許喝果汁，不吃就餓肚肚。」婆婆一旁煽風點火：「好可憐喔，婆婆陪你去烤吐司塗果醬配果汁喝好不好？」不料小孩也不賞臉，嘟著小嘴鬧了起來，「不要，我不要跟婆婆去！」

志清的媽媽秀林很強勢，雖然對他照顧有加，卻也極度操控，而爸爸總是沉默地做他自己的事。或許耳濡目染早已習慣夫妻與親子之間互動的方式，他和宜華不就是當年自己的爸爸和媽媽？他永遠記得，媽媽總會做很多菜，渴望家中兩個男人讚美，只要誰有意見，母親立刻回擊：「我上課這麼累，還要辛苦做菜給你們吃，你們嫌什麼啊？不吃，我就不要你了！」

志清回神到現實。這次，講話的不是媽媽，而是妻子正對孩子這樣說。

要小心「小心」

志清一家大小從日月潭回到花蓮，秀林和祖堯想順便看看兒子媳婦在花蓮的近況，當然，也想會會那位傳說中的小心小姐。一家人來到書店，在周間，店裡還有六、七個人看書、喝咖啡，生意尚可，看得出來志清不在，店裡照樣打理得很好。

小心一頭柔順的黑髮，黑框眼鏡，素樸優雅，抱著一疊書，輕聲招呼大家：「路途辛苦了。要來杯咖啡或吃點什麼嗎？」婆婆秀林立馬下戰帖：「聽說妳待過法國很會做菜？」「今天套餐是普羅旺斯燉菜，早上到市場隨意挑了些蔬菜，都是有機現摘的。」小心利用小鎮上豐富的蔬果，當令的大黃瓜、節瓜加上常見的洋蔥、茄子、甜豆、番茄以香料小火燉煮，不加一滴水，讓蔬果本身的水分釋出，湯頭鮮美。遇到無肉不歡的人，小心也將松板豬肉挑筋醃漬，乾煎成薄片，可以搭配同樣的醬汁一起吃。

向來挑剔的秀林竟然大大稱讚了小心。小心回應秀林說：「鎮上有個做手工梅醬的太太，所以我就不加普羅旺斯燉菜用的香料，改放一點點梅醬調味。」「我就說嘛，跟我吃過的燉菜不太一樣，味道真不錯，也很健康。」祖堯一向都得將妻子的菜照單全收，這次吃到乾煎的松板豬肉配上醬汁，確實有種難得的新鮮感，也除掉了不少暑溽。

「妳菜做得好，又懂得挑書，挺難得的。」婆婆故意講得很大聲想暗虧宜華失職：「這展示區和書櫃分類整理得不錯，不輸給台北的獨立書店，比前一陣子看到好很多。」

志清熬過幾天的思念，難以掩飾思慕之心，目不轉睛的盯著小心。婆婆在書店踱著步，輕聲地對宜華說：「要小心啊。這個女人不簡單。」

讓我親親妳

出一趟遠門，志清強烈感覺到自己對小心的思念。他從未有過如此的渴望，再見到小心，他思緒慌亂，生怕自己再也無法掩飾愛意。

小心慣用一套法國鑄鐵鍋烹煮燉菜，那些鍋具蓄熱又沉重，志清怕小心燙傷，主動要求幫忙。小心就會在一旁順便也教他做菜，她常說：「就像這樣，做菜很簡單的，不必模仿外面的大廚。最重要的是，你自己想吃什麼？」「是啊，說得簡單，但問題就是，我並不清楚自己想吃什麼？我的味蕾是白痴。」「沒有人是沒有味覺的。你只要分辨，你喜不喜歡就好。再好的菜，你不喜歡吃也沒有用，食物和人一樣，合得來，就一生一世，合不來，一分一秒都難熬。」

小心做的菜確實很簡單。晚上書店打烊之前，她用香料拌炒一小鍋蘑菇和番茄，搭配義大利麵和一點炒蛋，就開動了。見他一臉嘴饞不回家，便要他一起嚐嚐。她吃得津津有味，直說：「這蘑菇真新鮮，好甜。」他真的吃不出味道的差別，只覺得小心平時冷靜，但吃到愛吃的東西時，有點少見的孩子氣，腮幫子略略鼓著分外可愛。「妳為什麼這麼喜歡吃蘑菇？」「喜歡還要有理由嗎？通常真正喜歡是沒有理由的。」

志清突然被一個瘋狂的念頭牽動，緊緊摟住小心：「求求妳，讓我抱抱妳。」小心沒有抗拒，陷進志清懷裡，他進一步索吻，她迎上去。他深深的探入她的唇舌，終於嚐到她口中蘑菇淡淡的香甜。這一吻，彷彿一世紀之久。

「為什麼不拒絕我？」志清竟有這樣的感嘆：「我再也無法放手了。」

他的心臟快從嘴裡跳出來了，但小心卻靜靜地說：「很晚了，你該回家了。」

沒說不愛，不代表愛

從日月潭旅行回到花蓮，志清的父母想多留幾天。「妳安心去上課，這幾天我做飯就好，我來做點志清喜歡的拿手菜。」婆婆自信滿滿地把媳婦推出門。

婆婆老愛拐彎抹角地諷刺她不懂得照顧兒子和孫子。她向姊妹淘明珠抱怨：「什麼拿手菜，還不就是獅子頭、醃篤鮮，志清早就吃怕了。」宜華下課回到家，果然餐桌上放著獅子頭和醃篤鮮，婆婆照例又開始說這可是她當初跟她們老家的大廚學來的配方之類的話。母親秀林是外省第二代，年輕時成績優異自視甚高，結婚生子後堅持兼顧家庭與事業，她經常為此感到自傲，不允許家人對她的菜抱怨。

其實志清並不喜歡絞肉類的食物，他也聽說過道地的獅子頭，肉末是以刀功剁碎，佐料也會特別去除豬肉的腥味。但母親為了節省料理準備時間，直接用市場絞肉作獅子頭，口感軟爛不結實，還帶著濃烈腥味。母喜歡用便宜行事的折衷方法做菜，像燉湯總是燉不久就上桌，再三強調是清淡不油膩。

晚餐的菜剩下不少。志清心神不寧，食不下嚥，孫子毫不賞臉，秀林指桑罵槐怪到媳婦頭上：「真不知道平常都吃些什麼？弄壞了胃口。」看見婆婆的菜不受歡迎，宜華竊喜。睡前她故意問志清，為什麼不直接跟婆婆說他不喜歡吃絞肉做的東西？

志清想起小時候曾經因為偏食被媽媽懲罰，狠狠被餓了兩頓，從此再也不敢說出真話。印象中父親都是沉默地扒著飯菜，她對志清說：「我不能嫌你媽媽做的菜，因為我們自己不會做。」志清想起宜華每周三常作的乾溜炸豬排，他說：「沒說不愛，不代表愛。」

他的心裡只擔心明天如何面對小心。

原來是溫柔

從家裡走向書店變得很遙遠，志清一路上揣測小心可能的各種反應。她若憤怒，留書出走，那麼他就是強行索吻被人唾棄的無賴。

她若對志清有意，所以沒有拒絕，那麼接下來，他即將背叛婚姻。第三種反應是他最害怕的。他絲毫不知小心的過往，她也曾刻意輕吻他，卻佯裝什麼事也沒發生。果真如此，他就是遭到一再試煉，屢次被耍的蠢蛋了。

接近書店時，他聽到裡面傳來陣陣孩子的嘻鬧聲。原來今天是周三下午，前陣子小心就和鄰近小學合作活動，讓孩子們報名來聽故事吃點心。今天一群低年級的小朋友活蹦亂跳，快把小書店給擠炸了。只見小心滿臉笑意，不疾不徐說著她的彩虹魚的故事。那是一本很簡單的繪本，有條小魚，身上五顏六色和其他小魚不同，非常自卑，直到最後才發現他的不同，正是牠最大的特色：「你要知道你是誰，有什麼特色，不必害怕跟別人不一樣。」

有個孩子舉起小心發的杯子蛋糕說：「老師，我不喜歡吃蛋糕。」小心笑了：「你很特別喔，那我給你餅乾。」其他小朋友見狀也開始舉手說他們要換這要換那的，志清看不出來外表冷靜的小心，對孩子竟然這麼有耐心：「你要告訴我為什麼不歡？」有個孩子說：「因為沒有草莓。」

一旁帶隊的老師正要制止同學的吵鬧，小心反而讚美說：「很好，有自己的想法很好。」後來有些孩子吃了杯子蛋糕開始叫好吃，又掀起另一番叫好的跟風，大家又想改回蛋糕。小心笑著說：「好，很好，你們要找到自己的感覺，發現自己的特色，好不好？」

好溫柔的女人啊。那是強勢的母親和妻子宜華所沒有的特質。

檸檬的酸意與妒意

小心剛辦完週三下午兒童繪本活動，陪孩子玩了一下午，整個臉紅通通的，白淨的頸子流著微微的汗，一派性感模樣。她忙東忙西十分鐘之後才轉身對著志清說：「不好意思，老闆請坐。」

志清發現小心喊的老闆是他的爸爸祖堯，不知道什麼時候，爸爸也跟在他的後面來到了書店。祖堯對小心說，「叫我徐爸就好。都是自己人。」小心好像心情很好：「徐爸。你坐，我給你倒杯水。」似乎是要閃躲志清，小心刻意只和爸爸說話。

小心跟村子裡的農婦買了純正蜂蜜，將萊姆切片用蜂蜜釀，冰鎮三天用來調冰水喝。微酸的甜加上檸檬清香，暑溽全消，祖堯連連誇讚：「真好喝，這很像香港人喝的凍檸蜜。」「我用的是萊姆。」「lime是綠色的，lemon是黃色的，台灣人常常搞混。」學理工的祖堯和小心拌嘴起來。小心解釋說：「其實檸檬和萊姆，都有綠色、黃色，真正差別是，萊姆的皮較薄較鬆，甜度較高，酸味較淡。台灣人以為萊姆都是黃的，那是因為萊姆在海運過程中會熟成，變成黃色。」

「劉小姐妳是學什麼的啊？」「我大學主修英語文學，副修法文。」「妳先前在哪工作啊？」「我畢業後就做出版，有時也擔任翻譯。我很喜歡在書店工作。」小心像個乖女孩，對祖堯有問必答。小心的父親是個粗魯的莽夫，對小心母女動輒飽以老拳，但父親很早就過世了。小心從小就曾經幻想著父親是祖堯這樣的教授，溫文儒雅，所以小心對這樣年長的男人常懷孺慕之情。

志清插不上嘴，又灌了一大杯檸檬蜜，不禁遐想小心的唇裡是否也藏著這般香甜清新。看著談笑生風的父親，一股酸氣與妒意湧上心頭。

一生都住在男生宿舍的男人

從那天起，祖堯就像著了魔似地，每天一大早和志清到書店去報到。工學院出身的他，像劉姥姥進大觀園似的，跟在小心身邊問：「陳映真這本書好看嗎？我從沒看過他的書。」小心在生活風格移民書展之後，想有系統地推薦台灣的文學作品，小心對祖堯講解著：「我特別喜歡這本《鈴鐺花》。他從兩個十歲少年逃學的過程，帶出那個時代的政治與社會氛圍。他的小說有深刻的人道精神，對於窮苦的人，對於被迫害的靈魂充滿悲憫，我常常讀著讀著就掉眼淚。」

志清冷眼旁觀，心想你兒子是中文博士，從不見你關心過我學什麼？祖堯確實沒有聽進去太多文學，他的出生背景讓他對社會主義、鄉土文學非常陌生，他純粹是對眼前的女子充滿興趣，只想藉機親近她，聽她說話。祖堯家族一脈單傳，沒有姊妹，生命中的女人就只有母親和妻子秀林，連個女兒都沒有，媳婦也沒什麼女人的溫柔。「我這輩子都生活在男生宿舍裡。你要是給我當個乾女兒該多好。」祖堯終於提出了請求。「真的，我真的可以當徐爸的乾女兒嗎？」小心尖叫起來。

她給父子兩準備中餐，立刻改口了：「乾爹，天氣好熱，我給你們弄點日式涼麵好嗎？」她將日本進口的麵線煮熟後冰鎮，用大量的蔬菜切絲，拌點新鮮山葵泥與日式醬汁，搭配點小菜，加上一點比利時水果瓶酒，就是頓清爽的夏日午餐了。

父子兩沾著醬汁吸起麵線，吃得悉哩呼嚕，一點啤酒果香與酒精提神。祖堯想起家裡那隻河東獅，不管人家心裡想吃什麼，都得照單全收她的安排，忽然好想再聽幾聲小心喊的「乾爹」。乾爹，好嗲。

請先給我一個孩子

爸祖堯在書店混了一個星期，最後還是乖乖地跟著老媽回台北準備開學了。

志清鬆了口氣，他也不知道自己在緊張什麼。這些日子，他越來越喜歡呆在書店裡，就算整天不多說話，兩個人理理書櫃對對書單都是甜蜜愉快的。小心也漸漸願意透露她的身世。她出身中部山區的一個小鎮，父親早年務農，但為了近利將田地出售，憑著一點資產好吃懶做不事營生。他為人粗鄙，對小心母女動輒打罵，到處捻花惹草吃喝嫖賭。但他在小心中學時就過世了，他在外頭積欠一堆爛帳留給家人扛，母親只得拚了命的工作，眼看小心拿到國立大學文憑才放心的闔上眼，走了。

小心非常用功讀書，也總是小鎮上功課最好的一個，她嚴格自我要求，培養氣質，渴望父親多疼自己一些，可惜在他走前懷裡躺著的都只是沒有情感的鶯鶯燕燕。「我很渴望父愛，也很渴望有一個家。」小心眼眶泛紅的說：「我從小就很細膩，很敏感，很多人都說我很溫柔，其實是因為我缺乏那種溫柔，所以特別能感受別人的需求。往往我們想給別人的，其實是我們自己最匱乏的，我們以為別人也很需要。」

志清忍不住將小心擁入懷中，撫摸她的髮，輕吻她的唇：「那，我給妳一個家好嗎？」他吻遍了她的臉頰、頸子、耳後、肩膀和小巧飽滿的乳房，小心並未回絕，只低低地嬌聲回應。他終於順利的來到那溼潤柔軟炙熱神祕的祕境，他感到從未有過的契合，在祕境裡流連忘返，就在快要潰堤的一刻，他頓時想逃離。

小心將祕境的大門緊緊關閉，激動地哀求著：「你如果真想要給我一個家，就先給我一個孩子。」

期待兩個新生命

從那一夜開始，志清每晚走回家，魂魄卻留在小書店裡，他一步一步陷入了感情的泥沼。

這完全違背了他所以為的愛情。過去他以為愛情世藉著慢慢的交往，彼此熟悉，漸漸有肌膚之親，然後走向婚姻，如同他和宜華。但他與小心的愛情卻是從心靈相吸到充滿慾念，卻對彼此「所知」有限。其實我們對一個人所謂的「知道」，只是年齡、職業、收入、出身背景、生活習慣，這些「知道」多麼有限？他只知道她身分證上的名字叫「劉慕心」，父母皆逝。「給我一個孩子」成了他另外一個掛慮。那夜之後，他與小心激情不斷，她從不避諱，全然打開自己，完全承受結果，似乎決意就是要懷孕。

這天傍晚他又與小心在書店裡瘋狂做愛，嘴唇幾乎是紅腫的，他回到家裡急忙躲在電腦螢幕後面佯裝找資料。忽然父親祖堯的信顛覆了他所有的「知道」。祖堯在信上說，那一天文學院院長來造訪，要和他談通識課程規劃，一眼認出祖堯已經鑲上鏡框的小心和他的合照。院長告訴祖堯說，這個女孩原來叫劉燕儀，是幾年前才從這所學校畢業的優秀學生。後來升到某大出版集團的副總編輯，還多次返校與學弟妹分享職場心得。後來她和那出版集團的董事長有了感情，後來董事長夫人鬧到出版社，她也就離開了。

此刻志清愛恨交織，他恨那個已經五十幾歲的老男人董事長辜負了年輕的小心，讓她傷痕累累。他也恨小心，瞞藏了這一切的秘密，悄悄地來到這小鎮上，打亂了他平靜的鄉居生活。劉慕心，妳到底想要什麼？志清突然懂了，她正期待著兩個全新的生命，包括自己和孩子。

只有妳能安定我的心神

發現小心的真實身份與過往情事後，志清徹夜難眠。

十點進了書店，只見小心優雅從容地整理書櫃，在廚房裡備料。縱使兩人已經有過無數次纏綿，但小心依舊淡定地，並不特別熱絡地面對他。是為了掩人耳目？還是她天性嫻靜？又或者，她並不真的如此渴望志清？他的情緒複雜，原來自己瘋狂戀慕的情人是帶著沉重不堪的情傷躲到小鎮上，如今再次捲入不倫戀情，在她溫柔的面容下，究竟有幾分真情真意？

小心一眼看穿志清一臉憔悴：「失眠了？我正準備要燉點百合蓮子粥，立秋了，百合蓮子潤肺止咳清心安神。」「妳也失眠嗎？不然怎麼會正好準備百合粥？」志清期待她也會有忐忑不安的時候。「我？我很好。有機農場正好送來新鮮的百合，就買了。」她將那白淨的鱗莖一片一片剝下，清洗乾淨，連同蓮子、銀耳、糯米一起加入冰糖熬煮。微微的清香隨著小火慢燉蔓延了整個書店，志清慢慢靜了下來。

他喜歡小心一邊準備清香的食物、一邊和他聊食材談文學，空氣中縈繞著新書和食物的香氣。即使小心不說一句話，她徐緩的動作都能撩撥的志清的慾望，她好像永遠知道自己下一步要做什麼。此刻她輕輕的護著那鍋百合蓮子粥：「百合花很美啊，我討厭有人把它給煮糊了。就算被吃了，也該保有它的優雅。」

她有意無意地笑著，志清覺得很安定，他不再去想她的過往：「此刻小心是屬於我的，一個全新的生命。」那小小的百合啊，在小鍋裡翻轉，志清從背後攬住小心，伸手探入她的襯衫內，她素白的內衣正包覆著小巧而美麗的乳房：「我的小百合，只有妳能安定我的心神。」

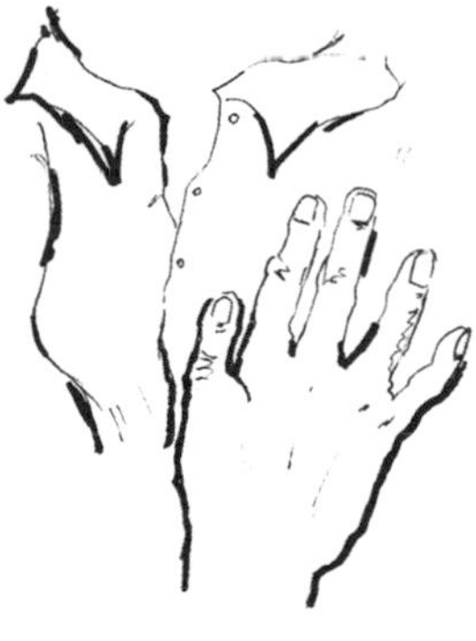

隔夜的咖哩飯

又是一夜春宵，志清才心不甘情不願地回家。

過去他與宜華至多兩三個月才行房一次，但現在每周都要和小心來上一兩回。雖然書店經營略有起色，但在平日，書店一過傍晚仍是門可羅雀，反而給了他們足夠的時間纏綿。志清回家越來越晚，讓宜華漸漸起疑心，她總覺得志清變了，他的眼神漸漸有了種難以言喻的野性。

宜華紀律嚴謹，九點一過，一對幼兒都已經乖乖上床睡覺。宜華見志清剛進門，哀怨地說：「你還知道回來啊，吃過了嗎？」耽於情慾，志清這才想起自己還空著肚子：「整理剛進貨的書，忘了吃飯。」宜華轉身去熱鍋裡的雞肉咖哩。宜華並不擅長廚藝，而是為了家人才練習做飯，於是就把她會的那幾套輪番上陣，志清幾乎能熟背她的食譜，他終於恢復記憶了：「原來是快週末了。」宜華通常周四周五課很忙，就煮一大鍋咖哩飯或是燉肉，可以連著兩天吃。

志清低著頭，避免與太座眼神交會。宜華說：「人家不是說，隔夜的咖哩飯最好吃？」那是《深夜食堂》，店主會將隔夜冷藏的咖哩，淋在熱騰騰的米飯上，讓它自然解凍，在冷熱間，非常爽口，書迷們看了常常起而仿效。但宜華一直不知道，其實志清很不喜歡吃咖哩飯。或許是咖哩裡的香料作祟，他常吃了會反胃，香料味從食道反芻逆襲，相當難受。

但此刻他不敢怨，只好大口大口扒著飯，志清突然想，我們是真的討厭那個食物的味道，還是只是討厭進食時的狀態？「我記得，《深夜食堂》，隔夜的咖哩飯，講的就是不倫戀？對不對？」

單身女子何必養胎

志清的父親祖堯原本對小心頗有好感，意外發現她與自己年紀相仿的男人鬧不倫戀後，竟有種莫名的妒意與敵意，他反而比志清更積極搜尋小心的過去。

他從文學院院長那兒問出，小心不倫的對象就是某出版集團董事長劉剛。劉董今年五十四，妻子掛名集團總經理，女兒的年紀與小心相仿。小心原是他們家族企業的得力助手，不料卻與劉董日久生情，劉董妻女聯手將她逐出公司。祖堯攬鏡自照，想到小心誇自己年輕，又說自己從小缺乏父愛，他的心裡起了難以言喻的慾念。他找了藉口要帶秀林去花蓮過中秋，他發現自己強烈的思念著那個小女孩。

中午一到花蓮，行李才放下沒多久，祖堯就拖著秀林往書店跑，志清和小心倆正等著他們來一起用餐。「我今天燉了淮山栗子雞湯。」小心笑臉迎人，祖堯直盯著她不放：「現代人要常常喝黨參、淮山這些藥材燉的湯，可以補腎養血。」秀林對吃挺挑剔，她見小心這湯，用黨參、淮山、栗子與紅棗慢火燉了幾小時，十碗水熬成不到五碗湯卻無藥味，忍不住讚美起來，「哎呀，妳比我那個笨媳婦會煮多了，我們志清在妳這兒搭伙，看起來氣色紅潤多了。」

小心還炒了山藥菠菜牛肉片、番茄炒蛋和青菜。雖然時序進入中秋，外面仍是溽暑難耐，這菜與湯都清爽但溫補，叫人胃口大開。祖堯注意到小心自己吃得少，看來清瘦了許多，憐惜地問她說：「我們志清氣色看起來好很多，妳卻看起來消瘦許多。」

秀林一眼穿透似的說：「瞧你們，又黨參淮山、又菠菜牛肉的，人家還以為是老婆懷孕在養胎呢。」祖堯父子一聽，臉色發青，彼此怒目相視。

情敵去看婦產科

宜華剛下課，就到學校附設幼稚園裡帶走一對寶貝兒女，準備開車去書店和公婆會合。

這兩個月她很少到書店，因為不想見到小心。她討厭小心流露出的自信與篤定，討厭聽到她和志清談文學，更討厭她炫耀外語和廚藝的天份。她很自卑，結婚幾年來，夫妻相敬如賓，她甚至覺察志清並不真的愛她，她只好守候一雙兒女，鴕鳥似的把頭埋進土裡。原以為退縮到這生活單純的小鎮上，她便更能掌握志清，誰料到竟會出現劉慕心這奇怪的女人。

突然學務長追上來：「張老師，妳不是還要帶課後輔導？」週五宜華向來特別忙，還得帶外籍配偶課後輔導班：「今天我公婆來花蓮，您能不能幫我代課？」學務長皺皺眉，面色不悅，宜華總是以孩子為由逃避許多課外的行政工作，缺乏教學的熱忱，讓她非常不滿：「我也有別的事情不能幫妳。妳找不到人代課，就不能走。」宜華正左右為難時，和她交情不壞的林老師跑過來，跟學務長說，她願意代課，才解決了僵局。

林老師一派同情的關心起宜華來：「宜華，妳最近是不是心情不太好啊，我看妳經常心不在焉。」「不會啊。你也知道我要帶小孩，我本來就不喜歡接課後的行政工作。」林老師是個很熱心的年輕老師，但今天說話的態度似乎怪怪的，欲語還休：「我常去妳先生開的書店參加他們舉辦的活動，我覺得妳先生和那個劉小姐互動好像太親密些。」宜華的腦子忽然嗡嗡嗡地鳴叫起來，她不想聽到這些話。她生氣地瞪著林老師。

林老師停頓許久，委婉的說：「我昨天在婦產科看到了劉小姐，她好像懷孕了。」鴕鳥的頭被拔出了出來，太陽炙烈，她快暈過去了。

混蛋蛋炒飯

宜華聽到小心去婦產科的消息，整個人震驚卻不知所措，她決定不去書店了，她跟公婆說，她要直接回家做飯。

女人上婦產科也不見得是懷孕，就算是懷孕，也不能算到志清頭上。一個來歷不明的妖精，誰知道她肚子裡懷有什麼鬼？她一邊說服自己，一邊卻縮回家裡，不知道該如何應對。偏偏公婆正好來攪局，她失魂落魄炒著蛋炒飯和青菜，煮青菜蛋花湯，她腦袋空空的，她完全不會變換菜色。她急得好想放聲痛哭。

秀林一回到家，見到宜華蛋炒飯還配蛋花湯，抓緊機會就諷刺媳婦：「都吃蛋炒飯了，還煮蛋花湯？家裡是沒有菜喔？人家劉小姐就懂得中秋要溫補，又燉黨蔘淮山，又炒菠菜牛肉，再這樣下去，乾脆全家都去店裡搭伙好了。」宜華聽了一肚子氣，正要回嘴，還好她的寶貝兒子跳出來幫媽媽說話：「我最喜歡媽媽做的混蛋蛋炒飯！」

還在店裡的志清父子各懷心事，食不知味。志清回想，小心這陣子她胃口不好，吃得極為清淡，難道真的懷孕了？祖堯扒了幾口炒飯，就說肚子脹氣不舒服，要志清陪他去散步。父子倆才走出門外，祖堯就憤怒的問兒子：「你老實跟我說，你跟劉小姐是不是有一腿？」志清覺得父親很可笑：「火腿還是雞腿？宜華都沒問，你憑什麼問？我都當爸爸很久了。」

「我一再提醒你關於劉小姐的過去，難道你都沒聽進去嗎？」「過去又怎樣？你想阻止我愛上小心？你問問看你自己，你是不是也有點期待？」志清故意激怒父親，祖堯氣得揮拳相向。他在乎的不是兒子外遇，而是兒子竟然能征服他幻想的對象，他失去理智連聲大罵：「混蛋！」

要男人不如要孩子

小心和往常一樣，比志清早到書店，享受一個人的時間與空間。她並不知道志清父子已經為了她拳頭相向了。

她習慣播放古典音樂，到廚房備料，順道為自己好好做份早餐。今天音樂是德布西，食物是魚片粥。白米粥悶煮好之後，在沸騰之際，放進事先調味過的雕魚薄片，一點薑絲煮熟就好，清淡又營養。在靜謐美好的時光獨處，是人生的功課，也是她歷經感情滄桑後才懂得的事。

其實小心不如外表偽裝得那麼冷靜。相反地，父親長年在外花天酒地，她從小就異常黏媽媽，長大以後，接連失去了父母，她便強烈的依賴情感。過去幾次戀情裡，幾乎重覆著相同模式：為對方設想一切，煮飯洗衣，處理所有繁瑣庶務，像是一個在父親面前討好索愛的乖女孩。男人便宜佔盡後總是不了了之。她不怪別人，只怨自己多情，恐懼寂寞。她彷彿整個人懸浮在空中，若少了著力點，就忘了自己存在的意義。她很想愛人與被愛，只有透過愛，才能證明自己的存在。

傷她最重的是那年近花甲的劉剛。她原是他得力的助手，無怨無悔，他擘畫出版大業。他不斷讚美她的才貌、廚藝與睿智。沒想到就在小心意外懷孕後，一切都變了樣。劉剛不准小心生下孩子，說他無法接受女兒有個和孫女一樣大的妹妹，最後全家都發現了這段畸戀群起圍攻小心，最後以墮胎收場。她哭了好久好久，終於絕望地與過去的自己決裂。

此刻空氣中飄散著魚片與薑絲的清香，她想念著寡言溫柔的母親，這是她常煮給她吃的早餐。小心輕輕撫摸自己的腹部滿足地笑了，她學會了獨處。與其浪費時間在一個男人身上，不如，要回自己的孩子。

愛情賞味期已過

小心吃過早餐，開始整理書店，快中午了，志清卻遲遲沒來。

書店裡來了個男人，焦慮不安的坐下，電話那頭好像還沒斷。他一邊心不在焉的點餐，電話上還在繼續吵，那一頭的女人顯然非常激動，聲音穿透寂靜的書店，幾乎可以聽見所有對話：「你避不見面，現在到底想怎樣？」「我沒有避不見面，不然妳怎麼找得到我呢？每次見面，妳都表現得非常痛苦，所以我們就分手啊。」「我痛苦是因為你都不願意改變。」「妳當初不就是愛上這樣的我？」「你不懂……」女人傳來的尖叫聲，讓人以為她就站在店門口。

接下來有半小時對話像無限回圈一樣，不斷重覆著「你不懂」三個字。

小心很清楚這對情侶的關鍵問題。男人確實不懂，女人為何總是如此痛苦，又不肯分手，繼續期待著另一半的改變。小心想著：「傻女人，男人不會變的，與其等待他改變，不如想清楚自己到底要什麼？去找一個對的男人。」男人掛掉電話，餐點與咖啡全涼了。送菜的時候小心就提醒過他，秋刀魚剛煎好要馬上吃，涼了就有魚腥味，男人卻一口也沒動。

沒多久，一個女孩走進書店，笑盈盈來牽他的手：「我剛剛去買東西，你等了很久嗎？真不好意思啊。」男人不計較，一小時算什麼？他什麼也沒吃，瀟灑地丟下錢，轉身就走。小心收走冷飯菜，秋刀魚的魚腥味讓她反胃，強忍住湧上的胃酸，不免有些悽涼：「東西變味了，難道能期待它恢復原味？愛情的賞味期限已過，就不能硬吞下去了。」

恍惚間，她聽見有人走進，應該是志清。一抬頭，卻是一張曾經非常熟悉的面孔，竟是劉剛。她瞬間渾身發抖。

變了味的愛情

離開違背承諾、狠心離棄你的情人，若多年後重逢，將如何面對？

這個問題小心想過千百遍。她想過幾種方式：野蠻地衝上前去賞他幾個巴掌，甚至踹他幾腳推倒他，因為那時他已經更老、更不堪一擊了。或者，找到幸福歸宿，挽著另一半，頭也不抬，視而不見，揚長而去。但此刻，當劉剛出現時，各種演練都沒派上用場。漠然是她唯一的反應。沒有愛之後就是這種默然。

劉剛微笑著，他總是掛著這種微笑，溫文儒雅，不慍不火，將情緒藏得很深很深。初相識時都會覺得他平易近人，其實他是在維持一種謙和的距離。有人甚至說他是笑面虎，一個精英主義者。他向來對智識不高的人缺乏悲憫，看得上眼的朋友多是知識分子。出身微寒的「劉燕儀」，因為「擁有才華」，成為他挑上的「選民」。分不清楚是愛情還是為了想證明自己，不斷迎合他的需索。如今，她不再是乖女孩，也不再去尋找匱乏的父愛。

「妳離開醫院之後就不告而別。我到處找妳都找不到妳。心裡，非常掛念。」掛念？把情人推上墮胎的手術台，然後說掛念？小心懶得去解釋，當初她改名劉慕心時，就是提醒自己莫再回頭。屋裡正煮著要給志清當午餐的「香菜皮蛋魚片鍋」，因為志清很喜歡香菜的味道，小心常做這道港式鍋底給他當火鍋吃。香菜的味道蔓延著，劉剛也聞到了，文雅地笑著說：「這是香菜嗎？記得妳不喜歡香菜，常常提醒人家不要放。」小心覺得諷刺，她心想：其實是你不喜歡，我故意遷就你。離開你之後，我就更喜歡了。她冷淡地答，「不會，我和我的情人都喜歡。」

原來，當愛情變了味，味覺真的也會改變。

她已經為別人洗手做羹湯

失蹤兩年，劉剛終於在花蓮的小鎮上再次見到「劉燕儀」。

兩年不算長也不算短，若無心掛念，僅一瞬間，若天天惦記，則度日如年。聽見燕儀突然說「我和我的情人」時，就像屋子裡已經處處彌漫著他不喜歡的香菜味。他尷尬地顧左右而言他：「記得我們去法國莎士比亞書店，妳說，妳將來想開一家那樣的書店，妳現在實現了夢想？」

曾經多少年肩並肩一起打拼，如今形同陌路，雖然有些不堪，也有不少美好。燕儀走後，他與妻女的關係無法平復，妻子踩著他的罪狀，趁勢要走所有財產與出版社經營權。但是卻不擅經營，出版社經營一日不如一日，劉剛陷入兩頭落空的困境。「燕燕。」他突然感傷地呼喚她的暱稱：「讓我支持妳，開一家妳想要的獨立書店，不必像在這裡煮菜、泡咖啡。」

鍋子裡還在熬著湯，小心仔細地攪拌鍋底，隔著開放式廚房，始終與劉剛保持距離。「我很喜歡做菜的。我以前只為你一個做菜。」她轉過身在另一個小鍋上炒著百合蘆筍，準備著她與志清的中餐：「我活得好好的，你可以放下心頭大石了。」她嚐了口湯，看看劉剛，其實她還清楚記得他對食物的好惡，燕燕開發了他的味覺，他要燕燕永遠只做菜給他一個人吃。「這些菜都是你不喜歡的，我就不請你吃飯了。你走吧。」劉剛慘然地說，「燕燕，妳想做什麼我都讓妳，孩子的事真的是不得已。我已經五十五了，女兒和妳差不多大。我不是不愛妳。」

「我的寶寶已經回來了，這次我不會讓任何人奪走他了。」小心的話才說完，志清鐵青著臉走進門。他全都聽到了。

難道我只是借種的對象

志清剛剛一直站在門外不知該不該進書店，就在書店外清楚聽到了小心與劉剛的對話，此刻對小心的過去差不多都瞭解了。小心曾經為這個不負責任的老男人送上手術台墮胎，而那句「我的寶寶已經回來了」更是重重打擊到他。

小心猜測志清已經聽見他們的對話了，反正再也無法掩藏，她也不打算多解釋。無論如何，還是得先送劉剛走。她刻意迎向志清溫柔的說：「今天中午怎麼這麼晚到？我煮了你愛吃的菜，正在等你吃飯。」她轉身把劉剛當作客人：「現在是我們店裡中午用餐時間，你自己看看書。」然後優雅地，儀式般，靜靜地將菜色分裝到兩人喜歡的日本陶盤上，流露出簡約低調的家居風。志清坐下來，慢慢地咀嚼百合、蘆筍與香菜湯，想著該如何展開下一場風暴。他忽然變得異常冷靜。

劉剛看了那陶盤，是他與小心到京都時買下的，但已不再是兩個人的餐桌。劉剛一走，志清低聲地接連問了：「妳懷孕了？為什麼不告訴我？」「我覺得等孩子穩定一點，三個月後才能說。」「孩子是兩個人的事，妳想要孩子，應該要告訴我的。」小心瞬間恢復剛來到書店的那種冷冽：「我早就告訴你了。我想要孩子，你又沒有避孕，做了這麼多次，難道你不知道這樣我很容易懷孕？」

其實，小心真正害怕的是，萬一志清知道她懷孕，會像劉剛那樣找出各種借口要她墮胎。這回她早就打定主意，最壞的情況也要帶走這個孩子。志清崩潰啜泣：「妳不可以這樣！我是真心愛著妳的。但妳始終沒有對我真心過，妳照著妳的計劃一直往下做，妳只是把我當作借種的工具！」

小三懷孕了

當志清哭喊著他是真心愛她的時，小心問自己，到底愛不愛志清？

當初她帶著傷痕來到小鎮，封閉在自己租賃的屋裡足不出戶，直到她發現鎮上出現這家小書店。志清老是一個人坐在店門口讀書，似乎在等待著什麼，那模樣喚醒了她對經營書店的熱情。過去她懷疑自己工作的熱情是想討好劉剛？感情重創後她失去工作的驅動力，眼看志清將書店閒置令她重燃夢想。她和志清初結緣並無意發展感情，因此她和志清交往時，一改過去談感情時過度依戀與遷就對方的態度。沒想到兩人深深被彼此吸引，愛情關係發展到她不曾想過的狀態。

「你告訴我，什麼是愛？」小心反問志清：「如果你覺得我愛你，那就是愛了。我們常以為自己很愛一個人，而是對方不夠愛自己，一旦有這種匱乏感後，愛早就不存在了。所以你應該問自己，我愛你嗎？」志清默默點頭。確實，小心總比他早一步知道他的需求，她的眼穿透了他的心，她所給予的正是他想要的。在愛情裡，有很多人努力付出，卻不見得是對方真正需要的。彼此犧牲與遷就，反而帶來了無窮壓力與內疚感，多數人在這樣的慣性和壓抑中繼續談著愛情。「你應該慶幸我是在最成熟的狀態下遇見你。過去，我只會遷就我所愛的人，因為我很害怕失去，很恐懼獨處。更不敢表達自己真正的需要。」小心解釋著：「我沒告訴你懷孕的事，只是不想為難你。如果你不能接受，我願意離開。無怨無悔。」

有兩個人站在門外。一個是正要離開書店，在門外抽煙的劉剛，一個則是正想要迎戰情敵的宜華。宜華看到劉剛大吃一驚，他們認出了彼此。

千年妖孽在書店

宜華原本要到書店直接質問志清和小心，但還沒開口就聽到了答案，她冷汗直流倒坐在地，才注意到一旁這位五十出頭的男子，男子也尷尬地看著他。

「劉爸爸！」宜華想起這男子正是她大學同學劉藝秀的父親劉剛。當年劉藝秀經常煩惱雙親感情不睦。兩年前藝秀剛生產，宜華去探望她時，藝秀向她抱怨父親竟然愛上了部屬，那女人還懷了父親的孩子，想到未來的妹妹竟然會和自己的小孩一樣大，藝秀和媽媽簡直快瘋了。

「啊！難道？」宜華一臉驚恐，在書店裡關的那個女人難道正是像青蛇般的千年妖孽？劉剛也嚇了一跳，從宜華鐵青的臉色看來，她就是書店女主人了！劉剛當下勸宜華：「先別進去吧。我的車就在旁邊，到我住的飯店樓下喝杯咖啡。我們聊聊。」宜華手足無措的跟著劉剛離開了現場，劉剛想將整件事情慢慢還原真相。

女兒藝秀剛生產時，宜華特地送來許多自己孩子穿過的衣物。宜華此刻要面對的，竟然和當年劉剛的妻子要面對的是同一個女人！為什麼？劉剛點了杯黑咖啡，宜華點了杯檸檬汁還好意勸說：「劉爸爸，記得藝秀說你有心臟病，要不要加點牛奶？」煙與黑咖啡是劉剛戒不掉的東西，過量累積使得劉剛的味蕾逐漸遲頓。燕儀常常烹煮各種食物，想喚醒他的味蕾，其實那些味道，他全忘了，只記得燕儀身上那種帶點檸檬香氣的香水。

「那，我乾脆和妳交換檸檬汁好嗎？」此刻，劉剛忽然好懷念燕儀的味道。那個王八蛋為了燕儀，竟敢拋妻棄子？太可惡了。劉剛大口喝著檸檬汁，差點嗆到：「妳先別擔心，我會將燕儀帶離這裡的。沒錯！她就是我過去的情人。」

假面夫妻

同學父親劉剛當年的婚外情人，現在竟然成了宜華要面對的小三？怎麼會這樣？

宜華從來不喝咖啡，方才與劉剛對調飲料，已經分不清是咖啡的苦澀，還是心裡的苦澀。她怯怯地問劉剛說：「劉爸爸，你們當初不是要她墮胎，然後和她分手了嗎？她應該很恨你呀？你怎麼有把握帶她離開呢？」劉爸爸這才發現原來宜華什麼都知道。宜華和藝秀在同學之間算是少數很早結婚生子的，當初是藝秀主動聯絡宜華，請教些媽媽經，當然也就將爸爸的事情告訴了宜華。宜華教藝秀說，一定要逼那個「妖精」拿掉孩子：「女人生下孩子，就算斷了情，也斷不了義，永遠牽扯不清！」沒想到，宜華也有這一天！她恨得咬牙切齒，真想將這隻千年妖孽碎屍萬段才甘休。

當年劉剛奉子成婚，夫妻婚後並不圓滿，為了孩子不忍離異。劉剛以公司為家，逃避現實，也很少陪伴女兒藝秀，對她心存愧疚。燕儀和藝秀都在公司上班，是工作上的好夥伴。燕儀與劉剛產生情愫懷孕後，藝秀與母親聯手逼劉剛將燕儀送上手術台，當時的嬰孩已經接近四個月。宜華忽然對劉剛說：「藝秀曾經對我抱怨，說你和劉媽媽是一對假面夫妻。她寧可你們誠實的離婚，不然她夾中間也要假裝，更痛苦。燕儀墮了胎消失很久後，她對燕儀反而有種內疚。」

劉剛與宜華對望，咖啡的苦澀、檸檬的酸辣，全都湧上喉頭。劉剛後悔當年不願意面對現實，製造了這場悲劇。宜華呢，沒想到將全家移居東部小鎮，竟然逃不過這隻妖孽帶來的災難？志清會做出什麼選擇，其實她一點把握也沒有，她恐懼的痛哭失聲。

婆婆出馬萬事OK

天色漸漸晚了，志清和宜華都還沒回家。秀林和祖堯陪著一對孫兒，孫子較小哭著找媽媽，祖堯感覺到那種風雨欲來的壓力，只有秀林不知情。

秀林準備了一大桌最自豪的家鄉菜，糖醋黃魚，蝦仁爆蛋、清炒豆苗，然後又是一大鍋她的「絕活」醃篤鮮。祖堯原本情緒就很不好，菜一上就餓了，乖乖低頭扒飯吃，好像吃人嘴軟。在外頭晃了半天，只喝了杯噁心黑咖啡的宜華，像孤魂野鬼似的飄回來。秀林依舊沒好氣地叫住她，趁熱一起吃晚飯。

宜華才坐定，喝了碗熱湯，眼淚就撲簌簌地流了下來，她感到很安全溫暖，不再嫌棄婆婆的菜了。秀林嚇了一跳：「妳這是幹什麼？」宜華在孩子面前強忍住淚水說：「湯，太好喝了。」宜華低頭吃飯時，秀林一旁追著餵好動的兒子。宜華心裡暖暖的，從前總是挑剔她做的菜太油膩太老派，今天卻覺得特別可口，或許一旦面對外侮，親疏立見。「媽做的菜實在比我做的菜好吃多了。」她哽咽地說著，都因為此刻的脆弱。她終於抓到了一根浮木。

九點半，孩子都睡了，志清還沒回家。祖堯一早要志清去跟小心說清楚講明白，從此不要再糾纏他，但志清卻一直沒有回家。一肚子火的祖堯在客廳裡來回踱步，宜華把孩子哄睡後也來到客廳，神色飄忽坐立難安欲言又止。秀林終於忍不住先發難了：「奇怪了，到底發生了什麼事情？世界末日也要通知我一聲呀？」宜華突然跪下，哭著對婆婆說：「媽，妳一定要幫我做個主，劉小姐引誘志清……現在……劉小姐懷孕了！」

秀林的血壓飆高，頭頂發燙，發出如熱水沸騰般的聲音……泣！泣！泣！

你只剩下一根屌

劉剛又悄悄走回書店，志清和燕儀正在書架之間吃著柳丁。

燕儀有個特別的習慣，她吃柳丁不切片，而是削去柳丁的皮，再一瓣一瓣地吃。她喜歡把柳丁的皮削成一條長長不斷的線條，那是從小和媽媽玩的遊戲。此刻，志清正甜蜜地吃著不粘手的柳丁瓣，這畫面深深刺痛了劉剛，過去燕儀也是這樣對待他的。

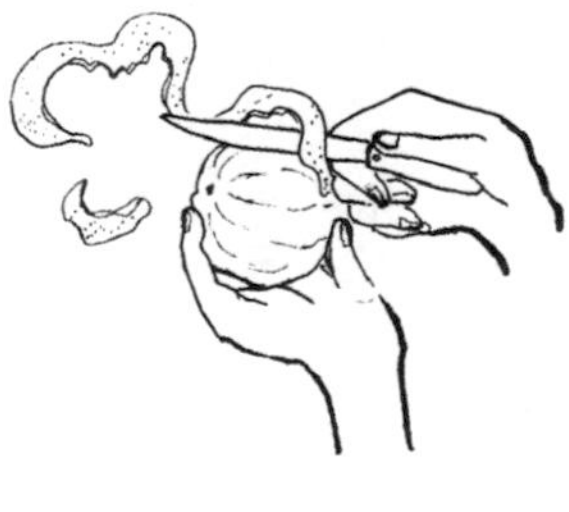

志清與燕儀告別後朝門外走，劉剛突然改變主意尾隨著志清，劉剛決心要回失去的一切。走了一段後志清查覺劉剛的跟蹤，志清打從心眼裡鄙視這個自私的老男人。劉剛在黑暗中低沉的說：「你的家人都知道了，現在收手還來得及，你有你的家庭，不要再傷害燕儀了。」「她不是燕儀，她是劉慕心，她會和我開始過新的生活。我不會像當年的你這麼懦弱！你是懦夫！不配教訓我！」志清在黑暗中如野獸般吼著。這下子劉剛火大了：「什麼叫懦夫？你是別人的丈夫，是孩子的父親；難道你不必對他們負責嗎？我白手起家，靠自己打天下，靠自己照顧一家人，你一無所有，靠爸靠媽靠老婆，你什麼都不是！你只剩下一根屌！你拿什麼對燕儀負責？」

志清忍不住揮拳將劉剛打倒在地上：「我選擇誠實面對自己。我承認我不愛宜華，我承認自己不是一個好父親，我會離婚，但我會負起養育兒女的責任。宜華很好，應該去找一個真正愛她的人，我不是。你，只是一個有錢的懦夫！你除了有點臭錢之外，你沒有的東西可多了，你沒有愛，你不誠實，你更缺乏勇氣！你玩弄了一個真正愛你的女人的情感！」

被打趴在地上的劉剛忍著痛，那是一種前所未有的痛，痛徹心扉。

愛情的三堂會審

志清在盛怒中痛打劉剛一頓後渾身酸痛，他像個愛情戰士般，繼續邁向下一個戰場，他的家。

果然三個人全都坐在客廳裡等候他。父親祖堯首先發難：「你打算怎麼辦？」如果這事由他和宜華單獨談，或許他還能委婉地說出自己的感受，但宜華把父母全扯進來三堂會審，他竟感受到一種威脅，態度反而更加堅決：「我要離婚。」「這些年宜華什麼都幫你頂下來，還敢說要離婚？」婆婆此刻成了媳婦的代言人：「那個女人心術不正，先前還勾搭過另一個老男人。爛貨一個！」曾經讓雙親讚不絕口的小心，此刻成了爛貨，志清鐵了心說：「如果我繼續這段婚姻，對宜華才不公平，我不能心裡想著另一個女人，還利用她來照顧這個家。現在她還年輕，早點離開我，她還可以找到更愛她的人，而不是和我維持一輩子的假面夫妻，這樣才是欺騙。」

「什麼叫做假面夫妻？」祖堯怒了，他衝過去揮拳揍兒子：「少跟我高調談論愛情和婚姻？你還寫論文哩？你以為婚姻是什麼？人在世上，誰不是遷就著許多事情？這世界不是只有愛情，也不是只有慾望！還有承擔和責任！」他用大力踹著志清雙腿，逼他跪倒在地，嚇得秀林和宜華都哭了：「我們只認宜華這個媳婦，房子不是你的，書店也不是你的，滾出去！看你有多大本事？」

父親踩到自己的痛處，志清哭得比宜華還傷心：「從小到大，我就沒有自己的主張，大學不知道要念什麼，也不知道為什麼要結婚，我並不想要經營書店，也沒想過要到花蓮。我活到現在唯一清楚的，只有我要小心！」

說完，志清便帶著一身傷痕離去。

宣判前
最後的早餐

小心在暗夜收留了傷痕累累的志清。她靜靜地安排他更衣梳洗，躺下來休息，這是兩人相戀以來第一次過夜。

志清暫時忘了自己的傷和疲憊，只緊緊摟著小心，徹夜瘋狂地佔有她，只想證明彼此感情的強度和溫度。志清每個動作都特別執著、纏綿和溫柔，時而吶喊，時而落淚，精神亢奮的透過肌膚之親，反覆訴説著對情人的愛戀。之後，兩人相擁到天明。志清的身心靈都被掏空後的睡眠又深又沉，夢中渾身是血的宜華在哭泣。當陽光曬到臉上，空氣中瀰漫著咖啡香，從夢中轉醒的志清才察覺自己是在小心的屋裡，不是在家裡。因為宜華是不准志清喝咖啡的。

「吐司要塗覆盆子果醬還是杏桃？或是搭配培根起司？要炒蛋還是太陽蛋？Coffee, tea or me?」小心問志清，儘管兩人都意識到風雲變了色，但他們選擇微笑面對當下。志清選擇喝黑咖啡，佐吐司加培根炒蛋。小心為腹中胎兒榨了點柳丁汁，以法國覆盆子果醬佐吐司。過去的志清習慣一早醒來，母親或妻子已經把東西做好，他將食物送進嘴裡，很快就忘了剛剛吃了什麼。小心說：「人生沒有太多選擇，所以人才會把生活的選項變得很複雜，幻想自己有很多選擇。選擇不同的食物、衣服、不同的品牌得化妝品，其實，人終究還是一樣的。」

吃完飯後，兩人暫時不回書店，志清要陪小心去做產檢。現在他們像是被囚禁的罪犯，只等法官來宣判罪行。電話鈴聲淒厲響起，那頭傳來母親歇斯底里的哭聲：「宜華自殺了！你這個畜牲，給我闖下大禍了！你快點給我滾回來處理善後。」

片刻的溫暖瞬間消逝，原來這是法官提前宣判時最後的早餐。

用犧牲換來背叛

志清連滾帶爬地狂奔回家，他真的沒有想到，向來溫和理性的宜華會用自殺這麼激烈的手段回應他的背叛。

他一路上翻轉各種念頭，萬一出事他與小心都將背負萬劫不復的罪孽。衝進屋裡，迎面而來的是母親秀林，她用高八度的語調說：「她一個人傻傻地站在三樓發呆，差點往下跳呢。還好我救了她！她在房裡，你們好好談談。」志清聽到了關鍵字，一顆差點跳出來的心臟暫時吞了回去。「我到底做錯了什麼？我到底做錯了什麼？我們的孩子還小，怎麼辦？」宜華把志清撂倒在床，拼命捶他扯他，打到筋疲力竭才停手。她哭聲悽厲的哀求著：「你清醒好嗎，一個好好的家等著你，你回家好嗎？」

志清像一個正在被刑求的犯人，喘著氣招供著：「妳沒有做錯什麼，都是我的錯，我要向妳道歉。我從小就沒有什麼主張，凡事順由別人安排從不反抗。我甚至懷疑自己有點自閉。如果沒有遇到妳，我可能只是個避世的書呆子，一個人讀書寫作過日子。妳和我在一起，真的幸福嗎？」

宜華像變了一個人，髒話全都出籠了：「我受夠你了！你這個滿嘴臭屁的傢伙！※＃＆⋯為了這個家，我犧牲多少？你給過我什麼安慰？我一個人賺錢帶孩子，苦苦撐著這個家，我無怨無悔。說什麼想一個人過日子？你明明就是為了和那個妖精在一起，寧願拋家棄子。※＃＆！我看不起你！當初真的瞎了眼嫁給你。你從來捨不得對我說一句我愛你，也沒有在那方面滿足過我，我都忍耐下來，想說夫妻嘛。現在，我真希望你和那個女人一起被車撞死！」

不愛就得去死？多麼恐怖的愛呀？志清終於懂宜華了。

真愛不必犧牲

那天夜裡劉剛被志清打了一頓之後並沒有離開，他想再見燕儀一面。他鼓起勇氣來花蓮尋找失蹤的燕儀，希望燕儀回到他身邊，讓他補償自己的罪過，畢竟他們曾經是那麼的相愛。雖然燕儀對他宣告了新戀情，但他知道燕儀和志清的情感是得不到祝福的。他很感念燕儀過去多年對他的付出，這回，他可不願意輕言放棄。他很擔心志清和宜華的家會出事情波及到燕儀，所以他在燕儀屋外徘徊許久，正好見到燕儀拖著行李出門，走著走著昏倒在地。

他將燕儀送回飯店休息，靜靜地守候著她。她在恍惚中夢囈不斷淚流不止，望著他說：「我的孩子沒了，為什麼要奪走我的孩子？劉剛以為她說的是過去，輕輕安撫她：「對不起，都是我的錯。」燕儀回過神來哭著說：「那是我和志清的孩子，我好想要那個孩子。」劉剛心頭一驚：「那妳拖著行李要做什麼？」「現在孩子沒了，志清就沒有掛念了，我不想為難他。」燕儀六神無主地哭著。

「妳是真的不想為難他，還是想報復他？」劉剛繼續說，「當初妳也是一走了之，表面上好像在幫我解決難題，但是我知道妳是在報復我，因為一切已經無法恢復原狀了。」劉剛趴在床頭說：「就在妳離開後，她主動提出許多條件，和我辦妥了離婚，由女兒藝秀試著掌管出版社。」後來藝秀對爸爸說，如果當初爸媽早點離婚，或許還能做個朋友，各自找到幸福，作為女兒的她反而會更輕鬆。她告訴爸爸說，愛情不要老是委曲自己犧牲自己，換來另一半的愧疚。

劉剛對燕儀承諾說：「如果妳真的決定離開，讓我帶妳走，我會加倍的愛妳疼妳。」

一個人的蛋炒飯

宜華在盛怒中詛咒志清和小心被車撞死這句話讓志清內心淒涼慘然。他最後問宜華說：「是我對不起妳和孩子。但妳愛過我嗎？」他再度奪門而出，母親追著咆哮：「你滾啊，我就不信沒有這個家，還能撐得下去？」

志清找不到小心，硬著頭皮再回書店，心中忐忑不安。天色漸漸暗了，志清肚子餓了，忽然不知如何是好。他從未養家活口煮飯燒衣過，標準的百無一用是書生，他有什麼權利奢談愛情？他餓到想哭，又沒出有力氣出門覓食，茫然無助。冰箱裡還有小心留下的冷飯、雞蛋和青菜。過去小心常鼓勵他學點基本的烹飪技巧，下水餃、煮麵、煮稀飯、蒸魚、炒飯，她說：「人不能永遠伸手等吃飯，這樣的依賴反而受制於別人。」小心一語道破志清父子的罩門，只要他們敢挑剔母親的菜色，秀林就會叉腰威脅說：「有本事你自己做。」但小心向來溫婉，志清常賴皮回嘴說，「我有妳就好了，何必學做菜？」小心問他：「要是有一天，我不在呢？」

他已經失去母親與宜華，萬一連小心都不在，豈不兩頭落空？這結局他想都不敢想。終於強打起精神，回想小心教他作的黃金蛋炒飯。他笨手笨腳的把蛋打在碗中攪勻，將冷飯浸泡在蛋黃中，再將飯大火翻炒，直到讓每一粒米都有金黃色澤，最後再炒蔬菜或其他配料。志清手忙腳亂如臨大敵，弄得爐台全是蛋汁和米粒，但總算完成了炒飯。先嚐了一口，嚼之無味，原來忘了灑鹽，再灑點黑胡椒鹽，熱騰騰的米飯，對口腹是一大安慰，這是她人生第一次下廚。

「當你學會一個人獨處，你才能分辨是依賴還是愛」他流著淚，想著小心常常說的這句話。

男人的心是柔軟的

燕儀身體孱弱，漸有出血跡象，劉剛緊急將她送回醫院做人工流產，免得胎兒留在腹中傷及母體。再次把燕儀送到醫院，親眼見她再次失去孩子，劉剛流下男人淚，緊握住她的手，再也不忍放下她一人。

志清在書店裡睡了一夜，突然想到醫院問看看小心的行蹤，會不會是在醫院出了什麼事。後來有個護士告訴他小心的胚胎發育不全，剛剛才作完引產的手術，正在恢復室休息。志清心頭大驚，趕緊衝到恢復室門口徘徊，見劉剛走出來與護士交談。志清問劉剛：「你為什麼在這裡？」「如果不是我救了燕儀，她可能倒在街頭，你能負責嗎？」劉剛嘴角還帶著被志清打的傷：「你有你的家庭，你沒有能力照顧燕儀，滾吧。」「當初丟下小心的男人是你。你滾！」兩個男人再度劍拔弩張。

小心醒來被送出恢復室，她被護士攙扶出來時，兩個男人同時往前衝，小心悲傷地倒進志清懷裡，劉剛識趣地退到一旁。「孩子沒了，你不用掛念了。宜華還好吧？你怎麼不去照顧她？」「她沒事。是我媽騙我回去的。我們已經談過了，我不會再回去了。」志清想起宜華的詛咒與憤怒，他不想再回頭了：「我不是因為孩子才決定和妳在一起，我是真心愛妳的。」小心低聲啜泣：「我本來想一走了之，但是我不能再逃走了，我沒有力量再靠自己療傷了。我力氣用光了。」兩人相擁而泣。劉剛終於明白，如今才想喚回燕儀為時已晚，他聽見志清對燕儀說：「從今以後，不管是苦是甜，我們一起來面對。那個劉燕儀早就死了，我愛的是小心！」

沒錯，當年他已經弄死了劉燕儀。劉剛悵然離去。

我要的是小男人不是大男孩

小心和志清兩人決定回到台北。小心租下一間公寓房子，採買各式生活用品，迅速展開兩個人的新生活。

志清身無分文，暫時只能靠小心的積蓄生活。小心找到一家策劃國際展覽的公司擔任翻譯與企劃，立刻陷入上班族忙碌的生活，常常為了配合展覽和外賓的時程，在晚上和假日加班。三十出頭的志清，因為沒有工作經驗，頂著一個中文博士學位，投遞履歷始終石沉大海。他也不喜歡出門，常窩在公寓裡等待疲憊不堪的小心下班，他也不擅長做菜，一天就靠一個麵包和一個便當果腹，搞得臉色蠟黃。他心裡鬱悶，腦海裡常迴盪著宜華和母親的詛咒，離婚註定得不到幸福嗎？他常自怨自艾，卻又無法振作起來。

他想念小心在小書店廚房裡煮的普羅旺斯香料燉雞、尼斯沙拉和鹹派、法國鄉村燉菜，那浪漫清新的滋味。那天志清和小心提起，小心強忍倦意，溫柔的道歉等她工作穩定了點再說，志清卻拗了起來：「我連續吃了幾個月的便當了。看到都想吐！」小心長期累積的疲憊與怨氣讓她失控了：「你有沒有想過我在外面工作一整天，很累，我為什麼還要做飯給你吃？我教過你多少次，你整天在家，做點簡單的東西給自己吃有這麼難嗎？」「是，我整天在家，我就是個茶來伸手、飯來張口的廢物！」志清也咆哮起來。兩人的緊張關係如同氣球，隨意一戳就爆。小心決定攤牌：「你想清楚，你是真的愛我，還是因為自己沒有退路了，才選擇我？我不會複製你媽和你太太的關係。愛不只是依賴，你要學會面對你自己的問題。我要的是一個小男人，不是一個大男孩。」

我很MAN

志清其實很自卑。表面上他學養均優文質有禮，但他不擅言辭，也不擅交際，從未面對社會考驗。每次應徵工作時，一張沒有工作經驗的博士證書，和內斂的個性，常讓人懷疑他可能是怪胎。

與小心激烈爭執後，他決定收起博士證書，直接到附近的連鎖書店應徵要輪班的店員工作。在這客流量頗大的書店裡，他出色的中文造詣和對書籍的嫻熟，精準找書與推薦書籍的能力被店長發現了，讓他進一步參與採購和企劃的工作。儘管每個月只有三萬多塊薪水，他堅持兩萬元給宜華，一萬塊分擔和小心的生活費。他要學著負起責任。

中秋將近，店長特別包了份業務獎金給他，讚美他說：「很多客人反應，你推薦的書都很好看，你不輸給博士呢。」志清心情大好，突發奇想要到超市逛逛，他想學做泡菜豬肉鍋給小心吃。他用紅蘿蔔、玉米熬出蔬菜湯底，再加上大白菜、香菇等各式蔬菜，倒入市面現成的泡菜就大功告成。就等小心一回來，涮些高級香草豬肉片沾醬配飯吃。志清故意穿上小心的圍裙迎接她下班：「歡迎回家，小男人幫妳做好泡菜香草豬肉鍋了。」小心笑開懷的說：「你還知道要買香草豬肉？」「我特別去妳說過的有機商店買的肉片。」兩人圍著溫暖的鍋，將寒意驅散。吃飽後志清渾身大汗，他褪去上衣，露出經常搬書的結實背膀，開玩笑地抖動肌肉說，「我很MAN對不對？」小心還沒反應過來，他便將小心推倒在木質地板上，狂吻她佔有她。他心情大好，汗水淋漓充滿了爆發力，喃喃地說：「我是妳的小男人。」

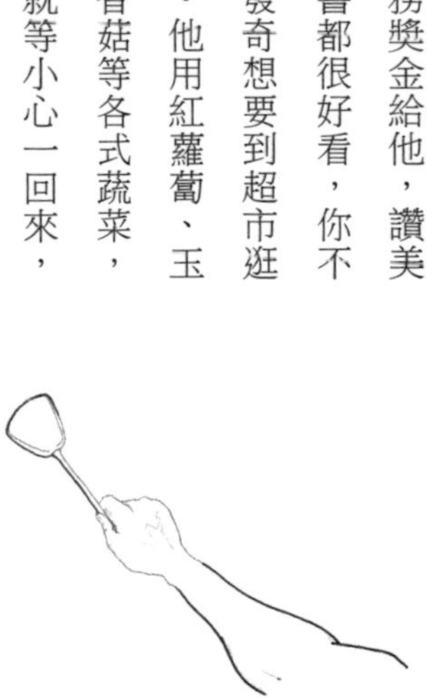

志清雖然沒有什麼特別的成就，但此時此刻，卻是他人生最踏實幸福的時候。

放了手的愛

宜華從學校下課，順便將孩子帶回家，婆婆早已煮好滿桌飯菜。

「哇，好香，媽，妳做的菜，我在巷口就聞到香味了。」宜華誠心誠意讚美。她和志清離婚後，公婆決定提前辦理退休，搬到小鎮上陪媳婦孫子過日子。公婆安慰宜華說：「妳當不成我們的媳婦，就當我們的女兒吧。」說來真諷刺，當初宜華主導一家人搬到花蓮，實際上是想遠離婆婆控制，將志清鎖在這個人煙稀少的孤立小鎮，或許可以平靜過一生。人常常會為自己潛在的憂慮不安做準備，她擔心志清總有一天將離自己遠去。沒想到這樣的安排反而促成小心與志清的相遇和相戀。她終於相信，感情這事，留得住的便留得住，留不住的再努力也鎖不住。那些如何經營愛情和婚姻的書也都只是安慰人心罷了。

婆婆煮了一桌豐盛的菜等志清回來。志清定期回花蓮陪伴孩子，是當初離婚協議書上寫的。兩個孩子剛上小學，同儕的陪伴和花蓮的山海之美，滋養了他們的體魄，他們幾乎忘了這個缺席的父親。就連志清難得回家，還得三催四請孩子才肯回家吃飯。這一天婆婆做了薺菜豆腐、蒜燒黃魚和龍井蝦仁，當然，又有醃篤鮮。志清以前不喜歡黃魚多刺，也厭倦了醃篤鮮的味道。但此刻一家人難得共度晚餐，竟覺得特別美味。不喜歡某道菜也許是在抗拒著什麼。過去總覺得宜華或母親的菜不好吃，其實是因為自己心裡抗拒著那樣的關係。現在關係變了，人也自在了，這些曾經抗拒的味道，失去了，再找回來，卻有了新的味覺。

宜華溫柔的遞上一碗湯，他接下了，慎重的對她說了聲：「謝謝。」他打從心裡感謝這個願意原諒他的女人，甚至感受到她對他的愛，一種放了手的愛。

二魚文化　文學花園　C138

命運咖啡館

作　　者　小野
責任編輯　葉珊
插畫繪圖　馮銘如
美術設計　陳恩安
行銷企劃　溫若涵
讀者服務　詹淑真

出 版 者　二魚文化事業有限公司
發 行 人　葉珊
地址｜106臺北市大安區新生南路2段2號6樓
網址｜www.2-fishes.com
電話｜02-2351-5288
傳真｜02-2351-8061
郵政劃撥帳號｜19625599
劃撥戶名｜二魚文化事業有限公司
法律顧問　林鈺雄律師事務所
總 經 銷　黎明圖書有限公司
電話｜02-8990-2588
傳真｜02-2290-1658
製版印刷　彩達印刷有限公司
初版一刷　二〇一六年四月
I S B N　978-986-5813-79-6
定　　價　三五〇元

國家圖書館出版品預行編目（CIP）資料

命運咖啡館 小野著 -- 初版 - 臺北市：二魚文化，2016. 04
272 面 21×14.8 公分 . -（文學花園；C138）
ISBN 978-986-5813-79-6（平裝）
857.7　　105005182

二魚文化